[*Ungáua!*]

Outro dia, para abonar uma suspeita sobre certo estilo ~~de governar do presidente~~ Lula, fui consultar as obras completas de Tarzan por Johnny Weissmuller no cinema. Pensava ver apenas um ou dois filmes, mas ~~não resisti e~~ acabei assistindo aos doze --- seis da MGM, seis da RKO ---, feitos entre 1932 e 1948, e todos lançados em DVD. Além de ter muito prazer, descobri o que procurava: o significado da palavra "Ungáua!".

Não se sabe de onde vem, nem a que língua ~~ou dialeto~~ pertence. Mas era o que Tarzan dizia para a macaca Chita, para o elefante Timba e para qualquer animal da selva a quem desse uma ordem.

"Ungáua!", sempre com exclamação, servia para tudo: de um genérico "Vamos lá, macacada!" até instruções específicas, como dizer ao Timba para levantar uma árvore que caíra sobre o Boy, ou a Chita que jogasse um cipó para ele, Tarzan, escalar o rochedo, ou que ela fosse fazer cafuné na Jane.

Em qualquer uma de suas 1001 utilidades, "Ungáua!" era imediatamente entendido, sem que Tarzan precisasse dar inflexões diferentes à voz. Os bichos faziam o que lhes era exigido e não havia dúvida quanto a isso, porque a câmera mostrava. A ~~câmera filmava, a~~ platéia via.

Tática parecida é adotada pelo presidente Lula. Ele não tem uma palavra mágica como "Ungáua!", mas usa um discurso tão incisivo quanto. A qualquer problema que se apresente, dá uma ordem ao respectivo bicho, digo ~~ao~~ ministro, mandando-o promover o espetáculo do crescimento, levar a saúde perto da perfeição, eliminar o desemprego, acabar com os apagões aéreos, alfabetizar o país ou o que for.

A diferença é que esses ministros ouvem a ordem e, se a executam, as câmeras não mostram. Ninguém vê nada. É possível que eles não entendam o presidente, ~~e por isso~~ as palavras não se convertam em atos. Talvez não seja tarde para Lula adotar o "Ungáua!".

Ruy Castro [*Ungáua!*]

101 CRÔNICAS

PUBLIFOLHA

Editor ARTHUR NESTROVSKI
Editor-assistente RODRIGO VILLELA
Coordenação de produção gráfica SORAIA PAULI SCARPA
Capa e projeto gráfico RAUL LOUREIRO
Foto da contracapa MARCIA KRANZ
Revisão JONATHAN BUSATO
Editoração eletrônica INFOGRAFE
Índice CACÁ MATTOS

Dados Internacionais de Catalogação na Publicação (CIP)
(Câmara Brasileira do Livro, SP, Brasil)

Castro, Ruy
Ungauá! / Ruy Castro – São Paulo : Publifolha, 2008. – (101 crônicas)

ISBN 978-85-7402-912-2

1. Castro, Ruy 2. Crônicas brasileiras 3. Folha de S.Paulo
I. Título II. Série

08-04262 CDD-869.93

Índices para catálogo sistemático:
1. Crônicas jornalísticas : Literatura brasileira 869.93

PUBLIFOLHA
Divisão de Publicações do Grupo Folha
Al. Barão de Limeira, 401, 6º andar, CEP 01202-900, São Paulo, SP
TEL.: (11) 3224-2186/2187/2197 – www.publifolha.com.br

SUMÁRIO

APRESENTAÇÃO

"Mas, já?" – perguntou uma amiga quando lhe contei que estava preparando um livro com 101 crônicas escritas para a página 2 da *Folha*. É que, na cabeça dessa amiga, leitora diária do jornal, eu tinha estreado na coluna "outro dia mesmo", e não deveria haver tempo para tal produção, muito menos para uma seleção. Mas houve. As crônicas aqui reunidas estão entre as mais de 150 publicadas entre fevereiro de 2007 e março de 2008. Donde muitas ficaram para trás, condenadas à zona-fantasma reservada aos artigos que só serviram para o jornal daquele dia. As outras, talvez merecedoras de uma segunda leitura, compõem este volume.

A página 2, como sabem os leitores da *Folha*, é especial. Abriga os editoriais, uma charge e três colunas de opinião, estas sob as rubricas "São Paulo", "Brasília" e "Rio de Janeiro". É uma página séria, reservada à análise contundente e fundamentada da política, da economia e das instituições. E seria mais séria se não me tivesse como ocupante do espaço "Rio de Janeiro" aos sábados, segundas e quartas – porque, de repente, meto-me a falar de bossa nova, do tráfico de besouros recheados com cocaína em Amsterdã e até da relação entre a galinha e o *Tiranossaurus Rex*. É compreensível que alguns leitores se revoltem com tamanho desperdício de papel e tinta. O próprio título deste livro – *Ungáua!* – foi tirado de uma crônica estrelando Johnny

"Tarzan" Weissmuller e Luiz Inácio "Lula", digo, Lula da Silva. Aliás, uma das raras em que o presidente é mencionado.

Tudo bem que a crônica, ainda mais quando praticada por cariocas, seja o feudo da conversa fiada e que, nela, todo assunto seja válido, desde que irrelevante. Mas, francamente, a *Folha* abusa ao conceder tal colher de chá a cronista tão fútil. É verdade que é difícil ser profundo em 1.777 batidas – quase sempre o máximo de caracteres possíveis naquele quadrado de texto no rodapé. Desconfio, no entanto, que os leitores agradeceriam se, às vezes, este colunista pelo menos simulasse alguma seriedade.

É o que faço de vez em quando, mas não se iluda: é simulação. Como sabem os que já leram a orelha deste livro.

R.C.
Abril de 2008

OUTRO BOM DIA PARA NASCER

[26.2.2007]

No dia 1º de maio de 1991, Otto Lara Resende estreou nesta coluna. Não foi o primeiro titular dela, mas foi seu primeiro cronista. Cronista, mesmo – alguém sem muito compromisso com os fatos, com a busca da objetividade ou com o que, na época, ia pela cabeça dos nossos políticos, se algo fosse.

Com sua vivência entre as potestades da República desde 1946, Otto podia escrever sobre o que quisesse – de uma improvável vaca que acabara de ver na avenida Vieira Souto a uma certa tarde das calendas, em que ele e Rubem Braga chupavam jabuticabas enquanto John Kennedy era morto em Dallas. Não significava que os colegas de Otto na página não pudessem fazer o mesmo. Mas, por algum motivo, parecia natural que a liberdade para fazer crônica fosse privilégio do colunista do Rio. Aliás, desde Maneco Antonio de Almeida, no *Correio Mercantil*, em 1854, o Rio tem esse privilégio.

A crônica de estréia de Otto se chamou "Bom Dia Para Nascer" porque, por acaso, saiu no dia de seu aniversário. Não tinha uma palavra solta. Otto lembrou as efemérides da data: a carta de Pero Vaz de Caminha, o nascimento de José de Alencar, o Dia do Trabalho. Era um bom dia para começar – ou, segundo ele, recomeçar.

Por coincidência, para mim também, hoje é um bom dia para nascer e para estrear nesta coluna. O 26 de fevereiro tem seus marcos: o nascimento de Victor Hugo, do inventor Levi Strauss (não o antropólogo, mas o criador do *jeans*), do caçador (depois preservador) Buffalo Bill e da sambista Isaurinha Garcia. Foi também o dia em que se gravou o primeiro disco de jazz (em 1917, pela Original Dixieland Jazz Band). E, para meu prazer, é um dia que sempre cai perto do Carnaval, quando não no próprio. Tudo a ver.

É também o Dia do Comediante. Mas, no Brasil, qual não é?

[28.2.2007] IMPRÓPRIO PARA MENORES

Uma vez tiete, sempre tiete. Sou leitor de Carlos Heitor Cony há tanto tempo que às vezes me pergunto se não saltei direto da cartilha para seus livros. Não foi assim, mas quase. Comecei a ler Cony em 1961, quando ele surgiu no *Correio da Manhã*, do Rio, escrevendo dia sim, dia não, uma crônica genericamente intitulada "Da Arte de Falar Mal". Era um permanente e implacável exercício de niilismo, tão hilariante quanto sedutor e, quem sabe, impróprio para menores – como eu, que tinha 13 anos e me identifiquei para sempre com esse traço de Cony.

Não muito depois, também fui parar na imprensa e fiquei seu amigo. Calhou que, em 1969, ele fosse meu editor numa revista e, em 1970, eu fosse editor dele em outra. Mas o maior período em que trabalhamos juntos foi na redação de *Manchete*, em mesas contíguas, entre 1970 e 1973. Depois, cada qual seguiu seu caminho, mas nunca sumimos um do outro por muito tempo, ligados por várias fixações em comum.

Uma delas é a de que somos os únicos membros do informal fã-clube carioca de Nacio Herb Brown, o compositor de "Cantando na Chuva". Outra é a admiração por Ary Barroso, Otto Maria Carpeaux, Mario Filho e pelas coxas de Silvana Mangano em *Arroz Amargo*. E ainda outra é a facilidade para rir de nós mesmos, principalmente quando trocamos confidências, verídicas ou imaginárias. Mas, como é inevitável, chegará o dia em que, em vez de confidências, trocaremos sintomas.

Até hoje guardo os "Da Arte de Falar Mal" originais, tirados do *Correio*. São recortes de mais de 40 anos e, incrível, sem aquelas manchas amarelas. A prosa de Cony também continua enxuta, quase indistinguível do material que ele produz há anos para a *Folha*. Revezar com ele nesse espaço não será apenas uma honra, mas uma parada.

[3.3.2007] 107º LUGAR

Ora, vejam só. Depois de 20 ou mais anos em que o Rio foi malhado, temido e estigmatizado como a cidade mais violenta do Brasil, descobre-se que é a 107ª nesse *ranking*. Que pífio. Os dados, divulgados esta semana, são da OEI (Organização dos Estados Ibero-Americanos), com base nos óbitos por morte violenta levantados pelo Ministério da Saúde. Ou seja, se fosse a chegada de uma maratona, o Rio nem sairia na fotografia.

Mas o que aconteceu nesses últimos 20 anos foi justo o contrário: só deu o Rio na fotografia. Um combate de quadrilhas aqui, um tiroteio com a polícia ali e uma perseguição de cinema acolá, o país foi convencido de que, para andar no Rio, o cidadão precisaria se blindar de alto a baixo, embora o melhor fosse se trancar em casa e, mesmo assim, não estaria a salvo das balas que entrariam pela janela.

Era uma cidade sitiada. Já os gloriosos verões cariocas, com as praias cheias o dia todo e os botequins regurgitando até altas horas da noite, captados inadvertidamente por alguma câmera, deviam ser imagens de arquivo. Ou, quem sabe, vídeo-clipe de bossa nova.

Aprisionados entre uma invencível idealização do passado (como se nos "anos dourados" não existisse violência) e a cruel satanização do presente, até alguns nativos se convenceram de que viviam no pior dos mundos. E, de repente, essa notícia retumbante: há 106 cidades mais violentas no Brasil. Muitas têm guerras de traficantes, seqüestros reais ou simulados, chacinas ferozes, ataques a delegacias, assaltos a bancos, arrastões em ônibus, agressões a turistas e crianças vitimadas. Mas talvez não tenham críticos e analistas tão vigilantes quanto o Rio.

A satanização obsessiva do Rio mascarou o problema, que sempre foi nacional. Agora a máscara começa a cair.

[5.3.2007] ANOS "DOURADOS"

Pelo fato de viver desencavando o passado em meus livros (sobre a bossa nova, Nelson Rodrigues, Garrincha, Ipanema ou Carmen Miranda), há quem pense que sou um nostálgico, saudosista e prisioneiro dos "anos dourados".

Os quais compõem um vago período entre os anos 50 do século 20 e alguma década posterior, variando de acordo com a idade de quem os classifica – quanto mais jovem esta pessoa, mais os "anos dourados" avançam rumo ao século 21. De fato, os anos 50 e 60 talvez possam mesmo ser chamados de "dourados". Mas já vi os anos 70 e, incrível, até os 80, arrolados nessa categoria. E não duvido de que, um dia, os 90 também serão acusados de alguma douradice.

Bem, tenho novidades. Não sou nostálgico nem saudosista e meu interesse pelo passado é apenas racional, histórico e cultural. E, como sei uma coisa ou outra dos anos 50, posso garantir que, em vários aspectos, hoje é melhor. Duvida?

No Brasil dos "anos dourados" não se pensava na preservação das cidades. Sítios históricos eram arrasados para se rasgar uma avenida, furar o metrô ou plantar um viaduto, e vida que segue.

Não havia a ecologia, e ninguém ligava que se construísse uma fábrica fedorenta ou uma usina atômica num santuário natural.

Não se reconheciam os direitos das mulheres, dos negros, dos índios, das crianças, dos animais, dos deficientes e dos homossexuais – se você fosse um desses, que se virasse. Havia uma ditadura da beleza e da elegância, regulada por Hollywood e Paris – as feias e as deselegantes conheciam o seu lugar.

Não existia a pílula e, com a camisinha, o controle da procriação era privilégio dos homens. As mulheres desquitadas eram consideradas "fáceis". As viúvas, também. E por aí vai.

Enfim, você entendeu. Mas o assunto é vasto e volta a qualquer momento, em edição extraordinária.

[7.3.2007] MAIS ANOS “DOURADOS”

Outro dia, ousei defender a idéia de que os “anos dourados” – os anos 50, pelos quais tanta gente suspira – nunca foram tão bons quanto vistos de hoje. O tempo é que se encarregou de melhorá-los. Alguns nostálgicos saltaram das pantufas e argumentaram que, por mais superestimados, os “anos dourados” eram melhores que hoje. Para eles, nada pode ser pior que hoje.

Eu diria que a pior coisa dos dias de hoje, para esses meus amigos, é que eles já não são jovens como nos “anos dourados”. E que, mesmo naquela época, os jovens tinham muito que reclamar. Por exemplo, eram poucas as carreiras a seguir: direito, medicina, engenharia e, talvez, arquitetura ou farmácia. Não se conheciam (ou se reconheciam) profissões hoje corriqueiras, como as de sociólogo, *designer*, publicitário, aspone ou carnavalesco.

Só aos pobres ou muito pobres era permitido cantar, tocar violão ou jogar futebol como profissional. Da classe média para cima, nem pensar em viver dessas atividades. Ter vocação para jornalista também não contava muitos pontos entre as tias mais velhas.

As moças se dividiam em "de família" e as outras. As primeiras usavam meias soquetes, tinham namorado firme e estavam destinadas ao magistério. As outras se divertiam muito mais. Mas ninguém tinha direito à vida pessoal. Esperava-se que as pessoas se casassem antes dos 30, e os solteirões eram muito mal vistos – as mulheres, como encalhadas; os homens, como enrustidos.

Enfim, os "anos dourados" eram fabulosos – para os que não os conheceram em primeira mão ou já se esqueceram de como era viver sem água, luz, telefone e outros confortos. E também sem o excesso de informação que hoje nos intoxica 24 horas por dia e faz o mundo parecer ainda pior do que ele é.

PALAS E POSES

[14.3.2007]

Lidas assim, nuas, sem outros balangandãs verbais que ajudem a lhe emprestar sentido, as palavras acima parecem agora foragidas do teatro grego ou de um poema medieval. Mas não – são palavrinhas bem nossas, de uso corriqueiro até outro dia, e que ameaçam se evaporar da língua porque as pessoas começaram a deturpar o jeito de escrevê-las.

"Pala", por exemplo. É um enfeite de vestido feminino, uma dobra perto da gola, algo assim. Ou aquela parte do boné, também chamada aba, que os meninos usam ao contrário, para evitar que a nuca tome sol. Ou a venda preta dos piratas. Enfim, pala é um ornamento, uma coisa meio secundária, um quase nada. Daí o vulgo ter inventado, em tempos idos, a expressão "dar uma pala" – ou seja, resumir, adiantar o assunto, dar apenas uma pista do que se vai dizer. Por extensão, chegou-se a "dar uma palinha", que significa ser ainda mais sucinto.

Mas, ultimamente, por ignorância da língua, pela pouca intimidade com a gíria ou pelo crescente desprestígio das palas, as pessoas começaram a escrever "dar uma palhinha", pensando estar dizendo "dar uma palinha". Não faz sentido e, se perguntadas sobre o porquê da palhinha, não saberão responder.

A outra palavra é "posar" – ficar fixo numa posição para ser retratado por um fotógrafo ou pintor. Há séculos que, na língua portuguesa, as pessoas vêm posando para os artistas e sendo felizes para sempre. Só que, de uns tempos para cá, tenho lido que, em vez de modestamente posar, Fulano "pousou" para um retrato ou foto.

Nesses momentos não resisto. Imagino o Fulano vindo pelos ares, planando com a graça de uma cotovia e pousando com a maior classe no poleiro do estúdio ou do ateliê, a fim de ser retratado.

Tudo bem. Mas a língua derrapa e se estabaca.

O SAMBA, O JAZZ E O TANGO

[19.3.2007]

Há 90 anos, nesta época, os demônios se cansaram da pasmaceira daquela temporada no inferno e resolveram vir à Terra em busca de novos adeptos para suas cores. Alguém sugeriu usar a música para atrair tais adeptos. Assim, vários diabinhos, desses de Carnaval, com chifre, tridente e ceroula do América, deram um jeito para que, em curto espaço de tempo – entre fins de 1916 e começos de 1917 –, surgissem três novos ritmos, depois ditos demoníacos: o samba, o jazz e o tango.

Não que eles já não existissem desde 1900, praticados pelos negros e brancos pobres do Rio, de New Orleans e de Buenos Aires, respectivamente. Apenas não tinham ainda os contornos definitivos. E como, em boa parte, eram música não escrita, seu alcance se limitava aos que os ouviam ao vivo, nos bordéis e nas biroscas.

Era preciso difundir esses ritmos para que mais gente se contagiasse pelo seu potencial de trilha sonora do pecado, da lascívia e da devassidão. Para sorte dos demônios, um novo aparelho, igualmente demoníaco, também acabara de ser inventado: o fonógrafo. Só faltava vontade política para que esses ritmos fossem gravados e se espalhassem, fazendo as pessoas descer da graça celestial que lhes era garantida pelas valsas e modinhas de até então.

Foi assim que, em dezembro de 1916, a Casa Edison, no Rio, gravou "Pelo Telefone", de Donga e Mauro de Almeida, com o cantor Baiano, e que se tornou uma febre nacional. A 26 de fevereiro de 1917, a Victor, em Nova York, gravou o pândego "Livery Stable Blues", com a Original Dixieland Jazz Band. E, no dia 9 de abril seguinte, a Odeon, em Buenos Aires, gravou "Mi Noche Triste", com Carlos Gardel, o primeiro tango cantado e já lindamente cafajeste.

Não sei se o inferno melhorou tanto assim. Mas a Terra ficou infernal com essas músicas do capeta.

[21.3.2007] PONTE AÉREA

Ano que vem espero completar 30 anos de Ponte Aérea. Digo espero porque pretendo estar firme no balcão do aeroporto com meu *e-ticket*, para pegar um cartão de embarque e tomar o avião. Só não sei se, dentro de um ano, ainda teremos balcão, aeroporto ou avião.

Em 1978, eu próprio estava com 30 anos, morara algum tempo na Europa e já tinha ido a Nova York, a trabalho ou à toa, sei lá quantas vezes. Mas não conhecia São Paulo – sim, era possível isto. Em meados daquele ano, o convite de uma revista para uma reunião me levou à Paulicéia pela primeira vez. E, no fim do ano, outra revista paulista me ofereceu dirigir sua editoria de cultura, o que significava chamar o Gato Preto, pegar a mulher e as filhas e me instalar. Fui.

Minha idéia era passar três anos em São Paulo. Por vários motivos, nem todos profissionais, passei 17. Mas a natureza do trabalho e a minha própria fizeram com que eu nunca ficasse longe do Rio. À média de 1,5 viagem por mês, eram cerca de 18 viagens por ano – ou 306 em 17 anos. Com os vôos de ida e volta, multiplique por dois e teremos 612, o número de vezes em que subi ou desci no Santos-Dumont ou em Congonhas nesse período. Por baixo, longe.

E quase sempre no Electra, com sua saleta perto da cauda, preferida pelos *habitués* da Ponte. Éramos amigos das aeromoças, dos pilotos e do pessoal de terra. A Varig, a Cruzeiro, a Vasp e a Transbrasil faziam 66 vôos por dia, um a cada 15 minutos. Perdia-se um avião e se tomava outro. Poucas vezes fiquei empacado num dos aeroportos. Os quais eram modestos, mas eficientes e acolhedores.

De novo no Rio desde 1995, agora faço o inverso: vou com freqüência a São Paulo. Ultimamente, menos do que deveria. Não vejo muita graça no risco de um apagão, com dez aviões, entre eles o meu, sobrevoando Congonhas na fila para pousar.

RAIOS

[4.4.2007]

Uma amiga minha, paulistana, não vem ao Rio há anos. Tem medo de balas perdidas. Tento convencê-la de que não é bem assim, que o Rio a receberá de braços abertos e que as probabilidades de ela ser achada por uma bala são menores do que de ser atingida por um raio.

Mas, neca. Minha amiga não acredita e, apesar de lidar com uma editora e com literatura, mantém-se à distância do Rio. Com isso, deixa de desfrutar de livrarias muito bonitas, de participar de uma Bienal que cai de charme e de visitar alguns dos nossos marcos, como o Real Gabinete Português de Leitura, a Confeitaria Colombo, o Triângulo das Sardinhas e outros que ela só conhece da novela.

Sem falar na chance de encontrar escritores que ela só vê quando eles se embecam e vão a São Paulo a trabalho. No Rio, minha amiga poderia observá-los no seu habitat natural, de chinelo e bermudas, sentados nos cafés ou apenas zanzando pelas ruas. Creio que essa expedição teria até um certo valor antropológico. Mas ela não se convence.

Enquanto isso, os jornais acabam de dar uma notícia surpreendente: São Paulo é o estado brasileiro mais afetado anualmente por raios. O município campeão é São Caetano, aí ao lado, com uma média de 12 raios por km^2. Outros favoritos entre os dez primeiros são Suzano, com 9,27, e Santo André, com 8,71. A própria cidade de São Paulo não faz feio: recebe 8,14 raios por km².

No estado e na capital, morreram em São Paulo este ano, até agora, sete pessoas atingidas por raios. Os dados são do Instituto Nacional de Pesquisas Espaciais. Já nossas balas perdidas contavam cinco vítimas fatais até ontem. Espero que minha amiga não tenha medo de raios. Mas, se tiver, pode vir se proteger no Rio. De nosso céu de brigadeiro, caem pífios 3,97 raios por km², e olhe lá.

ODOR BAUNILHA

[7.4.2007]

Numa idade em que devia estar brincando de boneca ou de médico, a francesa Joana D'Arc botava os ingleses para correr, numa daquelas guerras entre eles no século 15. Até que foi capturada e levada à fogueira em Rouen, em 1431. Tinha 19 anos.

Os quase 500 anos seguintes foram de oblívio. E então, no século 20, a glória de Joana começou. Virou santa em 1920, peça de Bernard Shaw em 1923 e filme do dinamarquês Dreyer em 1928. Mas, para o vulgo, nada superou o fato de ela ter sido vivida por Ingrid Bergman em 1948. O filme, *Joana D'Arc*, era apenas assim-assim, mas ali Joana ganhou o rosto e a majestade de Ingrid.

Agora, de repente, o vento virou. Em 1999, um antiquário parisiense descobriu uma armadura com tudo para ser a de Joana. Era bem feminina, gravada com rosetas e chuleada com florões. Tinha três amassos exatamente nos lugares em que ela fora golpeada pelos ingleses. O laboratório confirmou que era uma roupa do século 15. E muito parecida com uma que Joana usava num retrato pintado logo depois de sua morte. Só tinha um porém. Era uma armadura manequim 38. E a de Ingrid, com seu quase 1,80m, era 44.

Quer dizer que Joana era uma tampinha de 1,50 m? Parece, mas isso não constitui desdouro – afinal, Carmen Miranda também tinha apenas 1,51m. O problema é que muitos de nós, ao pensar em Joana, nos acostumamos a visualizar Ingrid.

E, esta semana, mais um golpe. Revelou-se em Paris que os ossos e cinzas atribuídos a Joana desde 1867, reconhecidos pela Igreja, não eram dela, mas de uma múmia egípcia e seu gato. Alguém os farejou cientificamente e sentiu neles um odor de baunilha, típico de um corpo que se decompôs, e não de um que foi queimado. Não se pode mais nem gozar de uma merecida posteridade. A ciência mete o nariz em tudo.

[9.4.2007] MAMUTES MECÂNICOS

De algum tempo para cá, nossas ruas têm sido ocupadas por caminhões de vários eixos, ônibus quase da altura de prédios e toda espécie de jamantas, além de jipes, camionetes e camburões "de passeio", mas capazes de transportar até uma lancha. São veículos ideais para estradas com 12 pistas ou, como os tanques, para descampados onde esteja rolando uma guerra. Em vez disso, rodam pelas cidades com empáfia e agressividade assustadoras.

Confira o triunfalismo com que se arremessam por ruas estreitas, destruindo um asfalto que não foi feito para aquele peso, e a superioridade de seus motoristas, alheios ao fato de que os veículos estão ceifando as árvores sobre suas cabeças. Será impossível frear a invasão desses mamutes mecânicos, impróprios para a vida urbana? Com todo respeito pelos mamutes.

Uma denúncia do Instituto do Patrimônio Histórico e Artístico Nacional (Iphan) é preocupante. Em Petrópolis, RJ, 17 imóveis tombados do Centro histórico estão com a estrutura ameaçada. O material de que foram feitos e suas técnicas de construção não previam que, um dia, teriam de conviver com a trepidação provocada pelos mega trambolhos que passam a metros de suas portas.

As imagens não mentem: paredes com rachaduras do chão ao teto comprometem a integridade de construções que, por quase 100 anos, receberam um imperador, 17 presidentes, a antiga elite brasileira e uma das mais chiques e brilhantes comunidades diplomáticas do mundo. Muito do desenvolvimento do Brasil nos séculos 19 e 20 se deu entre as paredes de Petrópolis.

Pode-se dizer que essa história já era, que o presente é outro e não quer nem saber. Mas o presente que atropela e esmaga o passado só terá, no futuro, sua própria mediocridade a exibir. Se tiver futuro.

[11.4.2007]

ANCIÃO SATÂNICO

O roqueiro Keith Richards, braço armado dos Rolling Stones, admitiu outro dia que cheirou as cinzas do próprio pai, morto em 2002 aos 83 anos. O relato de Richards não podia ser mais cru. Disse que misturou as cinzas de seu pai com cocaína e cheirou tudo junto. E que o velho, se já não estivesse pulverizado, teria achado ótimo.

No dia seguinte, a agente do guitarrista, pressentindo um certo mal-estar, tentou desmentir. Segundo ela, Keith estava "brincando". O próprio Richards afinou e explicou que, na verdade, usou as cinzas do pai para adubar uma árvore. Não colou. Acho a primeira versão mais de acordo com o *junkie* sarcástico e cruel que, nos anos 70, se gabava de fazer seu cachorro tomar LSD.

Keith Richards está com 64 anos, idade tida como provecta no rock e em toda parte (cf. "When I'm 64", dos Beatles). Dentro de mais um ano, será legalmente um ancião. Se fosse brasileiro, teria direito a passe livre em ônibus e a furar a fila nos bancos. Claro que, seja onde for, nunca precisará gozar desses privilégios, porque é quaqüilionário. Mas não será surpresa se, em breve, passar a ser levado por uma babá para tomar sol no jardim, de boina, cachecol e com uma manta quadriculada no colo.

A antiga "majestade satânica" dos Stones, que justificaria a ignomínia de cafungar os restos paternos, soa deslocada na boca de um macróbio – parece coisa do tempo em que o Dondon jogava no Andaraí. E quero crer que os fãs originais do conjunto evoluíram. Se eram adolescentes em 1964, quando os Stones surgiram, significa que, hoje, também terão quase 60 anos. Muitos serão avós. Não devem ter gostado da piada porque sabem que não falta quem siga sugestões cretinas e, de repente, eles estarão sujeitos a ser cheirados por um neto *junkie* mais afoito.

[14.4.2007] DO T. REX À GALINHA

Quem veio primeiro, o dinossauro ou a galinha? Essa dúvida, que por décadas perseguiu a mim e a certos bastiões científicos, acaba de ser respondida. O dinossauro veio primeiro. Donde a galinha foi vice – talvez com alguns milhões de anos de atraso em relação ao dino, mas tal diferença é nada naquela escala de tempo. Se essa descoberta lhe parece óbvia, parabéns. Para mim e para os pesquisadores americanos que só agora chegaram a ela, não era.

Ganha o moto-rádio, portanto, o dinossauro. Mas não qualquer dinossauro. A primazia cabe só ao *Tyranossaurus rex*, ou, na intimidade, T. Rex. O último número da revista *Science* relatou que o colágeno, uma proteína óssea extraída do fêmur de um tiranossauro que viveu há 68 milhões de anos nos EUA, "reagiu" ao colágeno de uma galinha recém-abatida. Isso quer dizer que o T. Rex, queira ou não, está muito mais para uma galinha do que para os outros répteis de seu tempo. E que as galinhas, mesmo as nascidas em granjas, tiveram tremendos bisavós terópodes, ou seja, o grupo dos tiranossauros.

Muito bem. Que a dita dúvida me perseguisse, era normal – passei o ginásio mais interessado nas pernas da professora de biologia do que no que ela ensinava. Mas que havia um parentesco entre eles, nunca tive dúvida. Um tiranossauro no seu apogeu lembra uma galinha gigante depenada: o mesmo corpo bojudo, as mesmas pernas fortes (os pés são iguais) e os mesmos dianteiros inúteis – os do tiranossauro, dois bracinhos ridículos; os da galinha, duas asas que de nada lhe servem. O formidável rabo do Rex reduziu-se ao sobrecu da galinha. A cabeça continuou sem espaço para o cérebro. O Rex morreu em combate, não numa panela, e era mais bonito.

A biologia é como a história. Anda para a frente, mas nem sempre isso é evolução.

[16.4.2007] APRECIE COM MODERAÇÃO

Um dos motes mais instigantes da televisão pode cair nas próximas semanas, se a Anvisa (Agência Nacional de Vigilância Sanitária) conseguir aprovar um pacote de restrições à publicidade de cerveja. Esse mote é a frase "Aprecie com moderação", enunciada ao fim de comerciais em que dezenas de jovens eufóricos são mostrados tomando cerveja – imoderadamente – como se ela fosse o elixir da felicidade, do sucesso com as mulheres ou da própria vida eterna.

O autor do mote, seja quem for, conseguiu resumir em três palavras mais idéias que se contradizem e se anulam do que qualquer tratado de lógica saberia explicar. "Aprecie com moderação", referindo-se ao ato de tomar cerveja, pressupõe que cabe a você racionalizar sobre a quantidade adequada à sua "apreciação" do produto e parar de beber antes de se embriagar. É fascinante, considerando-se que uma das funções de qualquer bebida alcoólica é justamente comprometer ou abolir a capacidade de racionalizar. É o que faz com que, depois de alguns chopes e julgando-se perfeitamente sóbrio, você dê 200 por hora no seu carro e o enfie no poste.

A frase pressupõe também que os bebedores são capazes por igual de exercer essa "moderação". Ela não prevê a existência dos alcoólicos potenciais – os compulsivos em geral, inclusive na bebida, ou aqueles cujo organismo demora mais a acusar o álcool – e dos alcoólicos na ativa, já dependentes do produto. Se esses bebedores fossem capazes de estabelecer um nível racional de "moderação", a indústria de cerveja teria quebrado há muito tempo.

"Aprecie com moderação" é uma cínica contradição em termos, tão flagrante quanto seriam frases parecidas aplicadas a outras atividades. Tipo: "Fume sem tragar". Ou "Aspire sem cheirar". Ou "Ejacule sem gozar".

O QUE O MESTRE MANDAR

[18.4.2007]

Durante quase um século, eles nos ensinaram que fumar era bacana, adulto e moderno. Para isso, tinham professores fascinantes: Bette Davis, Joan Crawford, Humphrey Bogart, Lauren Bacall. Podia-se fumar cantando, como Sinatra; dançando, como Fred Astaire; beijando, como Lana Turner. Nos filmes, fumava-se à vontade em elevadores, igrejas e hospitais. Nós e o mundo fizemos o mesmo.

Mas, então, eles descobriram que fumar não fazia bem, e a ordem foi banir o cigarro dos filmes, restaurantes, escritórios, fábricas, *shoppings*, bares e até boates. Nós e o mundo fizemos o mesmo.

No mesmo período, eles nos ensinaram que a comida ideal era aquela carne moída, tipo pré-digerida, ou uma salsicha de recheio incerto, ambas servidas entre pães e pingando, para ser devoradas em pé, na rua, com as mãos. Era a *fast food*. E, para isso, também tinham um poderoso elenco de garotos-propaganda: do Wimpy, louco por hambúrgueres, ao gordo Bolinha e ao palhaço do McDonald's. Nós e o mundo aderimos com gula e sofreguidão.

Mas, há pouco, eles descobriram que a *fast food* contém gorduras letais, provoca obesidade e pode levar a doenças horríveis. Nasceu uma campanha contra ela, exortando os americanos a evitá-la. E nós e o mundo, em que ficamos?

Por fim, e por igual período, eles nos ensinaram a admirar os pistoleiros Jesse James, Billy the Kid e Wyatt Earp. Ficamos íntimos da Magnum 44, do Colt 45, da Winchester 73 e de outras ferramentas da civilização americana. Tanto que nos dedicamos furiosamente a usá-las uns contra os outros, entre nós mesmos.

Às vezes, eles descobrem que ferramentas análogas, nas mãos de um animal doente e agressivo, como o ser humano, costumam ser mortíferas. Alguns até já cogitam proibi-las. Pode ser que, lá, nos EUA, eles consigam.

O BEIJO NO GRAMADO

[25.4.2007]

A cena se repete em todos os jogos de futebol que contam com a bandeirinha Ana Paula Oliveira nas quatro linhas. Jogada a moeda para o alto, e a instantes de ser dada a saída, o juiz beija a bandeirinha, o outro bandeirinha beija a bandeirinha e o quarto árbitro também beija a bandeirinha. Ato contínuo, os dois capitães beijam a bandeirinha, o representante da federação igualmente beija a bandeirinha e a torcida terá sorte se os gandulas, o chefe do policiamento e os repórteres de campo também não beijarem a bandeirinha.

Os beijos são na face, lógico, e significam apenas votos de boa sorte. Mas Ana Paula Oliveira é uma mulher bonita, e o uniforme de bandeirinha lhe cai muito bem. Antes dela, milhares de bandeirinhas do sexo masculino, feios e de pernas finas e arqueadas, também já precisaram de votos de boa sorte e nunca foram beijados pelo árbitro ou por ninguém.

Domingo último, no Maracanã, aos quatro minutos do segundo tempo de Botafogo x Cabofriense, Cléberson, beque do time de Cabo Frio, chuteira 44 e quase dois metros de altura, foi se defender da marcação de uma falta pelo juiz Ubiraci Damásio. Para tanto, aplicou um beijo no rosto do árbitro. A televisão mostrou. Num primeiro momento, Sua Senhoria, tomada de surpresa, pareceu afagar a careca do zagueiro. De repente, deu-se conta de sua autoridade civil. Exclamou "Você não pode me beijar!" e aplicou-lhe o cartão amarelo.

Que todos queiram beijar a bela bandeirinha é normal. Mas que um beijo, por mais inocente, tenha surgido naquela zona do gramado onde o pau canta e a virilidade campeia, pareceu-me um momento de humanização do futebol. Pena que o juiz não tenha entendido assim. Em minha opinião, ao se ver beijado, ele deveria ter retribuído o beijo e oferecido a outra face.

FIM DO VERÃO [30.4.2007]

Finalmente, choveu. Sem ver uma gota em fevereiro, março e abril, o carioca começava a achar que o verão de 2007 entraria por 2008. Os primeiros meses do outono, pelo menos, já foram sacrificados – tanto que não tivemos as águas de março. Mas não ouvi ninguém se queixando da inclemência do estio ou culpando o aquecimento global.

Foram 90 dias de sol acachapante, praias cheias, turistas aos magotes, festas a granel – de saraus no edifício Chopin a churrasquinhos igualmente chiques nas esquinas – e samba em toda parte. Os *shows* ao ar livre abundaram nas areias, no parque do Flamengo, nos quiosques da Lagoa, nas ruas do Centro e nos clubes da Zona Norte. A Lapa não dormiu. E o Carnaval, com seus 500 blocos, foi o de maior participação popular dos últimos 40 anos. Tudo isso já aconteceu no Rio este ano, além das balas perdidas que, como é natural, tiveram muito mais imprensa.

Mas, mesmo no Rio, o sol precisa ceder lugar à chuva de vez em quando. Nem que seja para amainar a temperatura, regar a grama e as árvores e reabilitar capuzes e pulôveres. Foi o que aconteceu na sexta-feira última. Como previsto pela meteorologia, a água desceu firme o dia inteiro. Foi escoltada por forte vento, que virou guarda-chuvas ao contrário, derrubou árvores e desbastou as amendoeiras, cujos frutos, caídos e pisados, tingiram as calçadas de vermelho. O mar se encrespou do Leme ao Pontal, produziu boas ondas e os surfistas correram a tirar as pranchas do armário. Havia uma vibração diferente entre as pessoas, e apenas porque estava chovendo.

Sim, eu sei, tudo isso parece meio ridículo. Afinal, por que tanto fuzuê por causa de uma reles chuva?

De fato, por quê? Tanto que, no sábado, o sol já piscou e ontem de manhã renasceu lindamente. Muito melhor assim.

[2.5.2007] "UNGÁUA!"

Outro dia, para abonar uma suspeita sobre certo estilo do governo Lula, fui consultar as obras completas de Tarzan por Johnny Weissmuller no cinema. Pensava ver apenas um ou dois filmes, mas acabei assistindo aos 12 – seis da MGM, seis da RKO –, feitos entre 1932 e 1948, e todos lançados em DVD. Além de ter muito prazer, descobri o que procurava: o significado da palavra "Ungáua!".

Não se sabe de onde vem, nem a que língua pertence. Mas era o que Tarzan dizia para a macaca Chita, para o elefante Timba e para qualquer animal da selva a quem desse uma ordem.

"Ungáua!", sempre com exclamação, servia para tudo: de um genérico "Vamos lá, macacada!" até instruções específicas, como dizer ao Timba para levantar uma árvore que caíra sobre o Boy, ou instruir Chita a jogar um cipó para ele, Tarzan, escalar o rochedo, ou que fosse fazer cafuné na Jane.

Em qualquer uma de suas 1001 utilidades, "Ungáua!" era imediatamente entendido, sem que Tarzan precisasse dar inflexões diferentes à voz. Os bichos faziam o que lhes era exigido e não havia dúvida quanto a isso, porque a câmera mostrava. A platéia via.

Tática parecida é adotada pelo presidente Lula. Ele não tem uma palavra mágica como "Ungáua!", mas usa um discurso tão incisivo quanto. A qualquer problema que se apresente, dá uma ordem ao respectivo bicho, digo ministro, mandando-o promover o espetáculo do crescimento, levar a saúde perto da perfeição, eliminar o desemprego, acabar com os apagões aéreos, alfabetizar o país ou o que for.

A diferença é que esses ministros ouvem a ordem e, se a executam, as câmeras não mostram. Ninguém vê nada. É possível que eles não entendam o presidente, daí que as palavras não se convertam em atos. Talvez não seja tarde para Lula adotar o "Ungáua!".

O VASTO FAROESTE

[22.5.2007]

Se você quiser ficar mal informado sobre o Brasil, converse comigo. Ou com qualquer brasileiro que tenha passado alguns dias fora. Nestas duas semanas em que estive viajando, as únicas referências sobre o país nos jornais e TVs locais em que dei uma espiada se referiram à visita do Papa. Mas o Papa não vale, a notícia era ele.

A ausência conspícua do Brasil no noticiário internacional deixa mal nossos governantes, o atual e seu antecessor. Durante anos, encheram-nos os ouvidos de que o mundo já não podia passar sem eles e, em decorrência, sem nós. Só acreditou quem quis.

O Brasil gera pouca informação de interesse para a mídia estrangeira. E não estou falando dos jornais e TVs de Abdjan, Islamabad ou Adis Abeba, mas das cidades por onde andei e que nos tocam tão de perto, como Lisboa, o Porto e Madri. Nem o nosso futebol, de cujos cobras e minhocas eles se abastecem avidamente, merece espaço em suas pautas e programações.

Mas nem tudo está perdido. Se a imprensa estrangeira tem mais do que se ocupar, o canal brasileiro que se assiste no exterior pela TV paga – antes era a Globo; agora é a Record – se encarrega de suprir o mundo com as últimas sobre o Brasil. Foi por ele que fiquei sabendo dos tiroteios na Vila Cruzeiro, no Rio, e do quebra-quebra na praça da Sé, da chacina dos sete jovens no bairro do Jaraguá e dos seqüestros em São Paulo.

Pelo visto, nos 15 dias em que estive longe, o Brasil foi um vasto faroeste e não aconteceu nada que não envolvesse assaltos, sustos, pancadarias, fuzis cuspindo fogo e inocentes ameaçados.

Ao chegar, descobri aliviado que não foi bem assim. Tivemos também o gol mil de Romário, a descoberta por Lula de que cerveja contém álcool e mais um escândalo brabo em Brasília. Notícia é mato.

[28.5.2007] ORGIA DAS FARMÁCIAS

No Rio, há quase tantas farmácias quanto botequins ou casas de sucos. Se você acha isso um avanço, errou. As farmácias tornaram-se apenas pontos privilegiados que vendem de quase tudo: fralda, xampu, pente, bombom, chicletes, secador de cabelo, pilha de celular, cortina de banheiro e chinelo de dedo. O *quase* vai por conta daquilo que mais lhes falta em estoque: remédios.

Pudera – não há nem espaço para eles. Como já estou na idade de freqüentar farmácias, passei a observar. Há certos medicamentos que nenhuma delas tem – culpa, presumo, dos laboratórios. E há outros que elas "têm", mas precisam ser solicitados a uma espécie de central, em Júpiter ou em Brás de Pina, e que só ficam "disponíveis" em dois ou três dias, independentemente de você estar estrebuchando ao balcão – e, nesse caso, a culpa será apenas das farmácias.

Mas tais lacunas no estoque não perturbam a prosperidade delas. Na zona sul do Rio, a média é de seis farmácias por quarteirão – no Leblon, mais – e elas não param de abrir. Cada qual com o letreiro ou fachada mais agressivo, cafona e abusivo que o da concorrência. De longe, algumas podem ser confundidas com o McDonald's.

A maioria dos empregados também parece recrutada entre os excedentes das lanchonetes ou butiques. Seu desconhecimento do que vendem é tal que, não importa o remédio que se peça – e que só falta saltar da prateleira, de tão visível –, eles têm de recorrer ao computador para saber se existe. Que fim levou o farmacêutico experiente, amigo do cliente e com diploma na parede?

O ministro da Saúde, José Gomes Temporão, quer disciplinar a orgia das farmácias. Se conseguir fazer isto antes que elas acabem de se converter num ramo do comércio de secos e molhados, será uma vitória e tanto.

ARTISTA BRASILEIRO [2.6.2007]

Sgt. Pepper's, o LP dos Beatles, fez ontem 40 anos e está sendo justamente comemorado. Sobram louvações a seu repertório, arranjos, interpretações e ao LP em si, em termos gráficos e conceituais. Para os intrépidos, é o maior disco de música popular de todos os tempos. A ver.

Não se discutem a riqueza musical e a beleza física do produto. São tantas as qualidades, aliás, que não é preciso inventar outras a que ele não faz jus. Não foi, por exemplo, o primeiro LP "conceitual" da História – ou seja, gravado com uma unidade temática ou sonora, em vez de uma coletânea de faixas soltas, como se diz que era a regra.

Em 1967, LPs "conceituais" eram tão comuns quanto andar para frente. Nos dez anos anteriores, Frank Sinatra, na Capitol, Ella Fitzgerald, na Verve, e Louis Armstrong, na Decca, já tinham gravado dezenas com essas características. Na verdade, antes até da invenção do LP já se gravavam álbuns "conceituais" de discos em 78 rpm., inclusive no Brasil, como o *Mario Reis Apresenta Sinhô*, da Continental, em 1951.

E *Sgt. Pepper's* não foi também o primeiro a trazer as letras das canções impressas – no caso, na parte interna da capa dupla. Daqui de onde estou, vejo vários LPs brasileiros anteriores e com as letras na contracapa: *Se Acaso Você Chegasse*, com Elza Soares, de 1960; o essencial *O Amor, o Sorriso e a Flor*, com João Gilberto, idem, de 60; e *Malandro em Sinuca*, com Moreira da Silva, de 1961. Mas nenhum mais radical do que *A Noite de Meu Bem*, com Lucio Alves, de 1959: seis letras na capa e as outras seis na contracapa.

Todos esses LPs eram da Odeon e tinham como diretor de arte Cesar G. Villela, famoso depois pelo visual da gravadora Elenco. Mas Cesar é apenas um grande artista brasileiro – não conta.

[4.6.2007] ANJO EM LOS ANGELES

O que cantores como Bing Crosby, Frank Sinatra e Mel Tormé, nos EUA, e Lucio Alves, Miltinho e João Gilberto, no Brasil, tinham em comum? Todos começaram cantando em conjuntos vocais. Mas só ficaram famosos porque, um dia, abandonaram seus conjuntos e foram cantar solo.

No dia 19 último, morreu em Torrance, na Califórnia, aos 89 anos, um desses cantores que só existiram no anonimato dos conjuntos: o brasileiro Harry Vasco de Almeida – Arri, para os amigos. Pertenceu aos fabulosos Anjos do Inferno, dos quais era vocalista, responsável pelo reco-reco e ainda fazia o pistom nasal – um cômico som de trompete com surdina, produzido com a mão, a boca e o nariz.

O pistom nasal de Harry pode ser ouvido em muitos clássicos dos Anjos do Inferno nos anos 40: "Doralice", "Rosa Morena", "Você Já Foi à Bahia?", "Nós, os Carecas", "Helena, Helena", "Nega do Cabelo Duro", "Cordão dos Puxa-Sacos", "Vestido de Bolero". Em 1946, o americano Harry Mills, pistom nasal dos insuperáveis Mills Brothers, ouviu Harry no Cassino da Urca e lhe disse: "Você é o maior".

No fim da década, os Anjos foram para Los Angeles. Carmen Miranda os contratou e eles se tornaram o novo Bando da Lua. Filmaram com ela, gravaram "Copacabana" com Bing e namoraram as estrelas do cinema (menos Harry, fiel à esposa Isa). Quando Carmen morreu, em 1955, o conjunto se desfez. Harry ficou na Califórnia, mas largou a música. Formou-se técnico em eletrônica e foi feliz para sempre nessa profissão.

Por exigir alta precisão, os conjuntos vocais drenam o sangue dos cantores – se um erra, todos se estrepam. Harry não queria que ninguém se estrepasse por sua causa. Quem o conheceu jura que ele nunca errou, como cantor, músico, marido, pai ou amigo. Tinha vocação para anjo, mesmo que do inferno.

[6.6.2007] RIP VAN WINKLE

Em meados do século 18, um homem chamado Rip Van Winkle cochilou à sombra de uma árvore e dormiu 20 anos. Quando acordou, seu país deixara de ser uma colônia inglesa. Tornara-se uma república e, em vez do rei George III, celebrava-se George Washington. O autor dessa história, subtraída dos irmãos Grimm, foi o americano Washington Irving, em 1819.

Pois hoje temos um Rip Van Winkle à vera: o ferroviário polonês Jan Grzebski, que entrou em coma em 1988, passou 19 anos apagado e acaba de voltar à tona. Ao acordar, Grzebski descobriu que a Polônia deixara de ser um apêndice soviético, que a URSS se esfacelara e que o muro de Berlim fora vendido em caquinhos para os turistas. Mas houve mais novidades com as quais Grzebski (pronuncia-se Grzebski) terá de se acostumar.

Ele deve ter se espantado, por exemplo, ao saber que os últimos homens ainda a fim de se casar no papel são os padres. Que, pela força dos respectivos *lobbies*, logo ficará definitivamente proibido fumar cigarros convencionais e obrigatório fumar maconha. E que bilhões de pessoas que nunca tinham encostado um dedo numa máquina de escrever decoraram de primeira o teclado do computador.

Da mesma forma, deve estar sendo difícil para ele aceitar que a música popular aboliu a melodia e a harmonia, passando a usar apenas o ritmo ou a letra. Que o cinema americano tornou-se impróprio para maiores de 13 anos. E que as crianças substituíram a cartilha pelo *videogame*.

Ele também não deve acreditar até agora que a China está a ponto de se transformar no maior país capitalista do mundo. Que a direita brasileira inventou uma maneira infalível de continuar no poder: elegendo presidentes de esquerda. E que palavras outrora autônomas como "ética", "fisiologismo" e "descaramento" passaram a significar a mesma coisa.

COISA NOSSA

[9.6.2007]

É rara a semana em que alguém não me pergunte de onde saiu a expressão "bossa nova". Parece uma preocupação nacional. Para não complicar, explico que saiu da língua portuguesa, mesmo. As palavras "bossa" e "nova" sempre existiram, cada qual no seu canto. Um dia, alguém as acoplou para significar algo diferente, original. E, em fins dos anos 50, elas foram aplicadas a uma música que se começava a fazer no Rio, por João Gilberto, Tom Jobim e outros. É isso aí.

Ou não – porque não se consegue dar os nomes aos bois. O próprio uso de "bossa nova", referindo-se ao gênero musical, é incerto. Fala-se de uma secretária anônima do Grupo Universitário Hebraico, no Flamengo, que em 1958 teria pintado uma tabuleta anunciando um show: "Hoje. Sylvia Telles e um grupo bossa nova". Ou seja, um grupo diferente, "bossa nova" – não "de bossa nova". A partir dali é que a expressão definiria aquele jeito de tocar e cantar.

Se antes disso entendia-se por "bossa nova" apenas uma coisa diferente, quem teria inaugurado a expressão? O melhor suspeito é o violonista Zezinho, futuro Zé Carioca, que, em 1939, nos EUA, assim chamava tudo que lhe parecia novidade. Ao ver as lâmpadas de mercúrio em Nova York, por exemplo: "Olha lá. Iluminação bossa nova!".

Ou seja, a bossa vem de longe. Mas de quão longe? Um exemplo remoto é a frase de Carmen Miranda para o compositor e médico Joubert de Carvalho, quando este lhe foi ensinar a marchinha "Taí", em janeiro de 1930: "Pode deixar, doutor, que, na hora da bossa, eu entro com a boçalidade".

Mas "bossa" vem de ainda mais longe. Descobri-a no capítulo 13, tomo 1, de *Memórias de um Sargento de Milícias*, de Manuel Antonio de Almeida, que é de 1852 – com o mesmo sentido de hoje. Coisa nossa, diria o infalível Noel.

[18.6.2007] SELEÇÃO SEM POVO

De 1958 a 1982, o Brasil teve um caso de amor com sua seleção de futebol. E ela fazia por onde: venceu três Copas do Mundo, jogou partidas memoráveis no Maracanã e no Morumbi e consagrou três gerações de jogadores. Havia mais craques na praça do que vagas no time, e nada superava a honra de uma convocação.

Fora da seleção, esses jogadores entravam em campo todos os domingos por seus clubes – nossos clubes. Podiam ser amados ou odiados no fragor doméstico, mas, no que vestiam a camisa amarela, cessava o vodu. A seleção tinha até torcedores próprios, e não apenas entre os que só se ligam em futebol na Copa por um vago ardor patriótico.

Mas isso acabou. A seleção é, há muito, um feudo de jogadores que atuam no exterior, defendendo camisas com as quais nada temos a ver. Por vários motivos, também não a assistimos em nossos estádios – há sete anos, por exemplo, ela não joga no Rio. E, como aconteceu na última Copa, a seleção, convocada na

Europa, não veio ao Brasil nem para pedir a bênção do povo que representava. Deu no que deu.

As razões são muitas, mas o fato é que a seleção se divorciou do povo. Não é mais o Brasil. Reduziu-se a uma legião estrangeira que, mecanicamente, canta o hino antes do jogo. Ex-ídolos nacionais como Kaká, Ronaldinho Gaúcho e Robinho preferem jogar por seus milionários clubes que pela seleção. E estão certos: só quem vai à Europa sabe o que eles representam em paixão para os torcedores desses times. São deuses em Milão, Barcelona, Madri.

Vem aí uma opaca Copa América. Os craques a desprezam e a torcida brasileira, com razão, também não está nem aí. Qualquer campeonato local envolvendo o Arapiraca, o Botucatu ou o Cascavel será mais emocionante, se um desses for o nosso clube de coração. A camisa precisa estar perto do peito.

BATIDA DIFERENTE

[20.6.2007]

Durval Ferreira, que morreu domingo no Rio aos 72 anos, era um compositor e violonista da bossa nova. Compôs alguns dos maiores clássicos do gênero, mas não era famoso. Não tanto, por exemplo, quanto Carlos Lyra, João Donato ou Baden Powell, seus colegas de geração. Sua obra, no entanto, rivaliza com a deles em originalidade, dinamismo e beleza.

É só conferir. Com diversos parceiros, Durval foi autor de "Tristeza de Nós Dois", "Estamos Aí", "Batida Diferente", "Chuva", "Nuvens", "Moça Flor", "Sambop", "São Salvador", "Porque Somos Iguais", "Mania de 'Snobismo'", "Samba Novo", "E Nada Mais". Os títulos podem não lhe trazer as melodias à memória, mas, assim que ouvidas, elas são reconhecidas imediatamente.

Canções adoráveis, mas que mesmo muitos críticos não saberiam atribuir a ele. E, ao que me parece, isso nunca lhe fez diferença. Como músico, tocou em centenas de discos, muitas vezes sem crédito para seu violão. E, como produtor, foi responsável por dezenas de outros que, por sua vez, nunca se preocupou em assinar. Este era o seu jeito.

Durval precisou chegar aos 69 anos, em 2004, para aceitar gravar o primeiro disco em seu nome, e somente por insistência da pequena Guanabara Records. Assim que souberam, no entanto, 40 dos mais importantes músicos brasileiros fizeram de tudo para participar dele. O resultado, o CD *Batida Diferente*, fala por si.

Pela vida, assisti a grandes *shows* de Durval. O mais emocionante foi em janeiro último, no J. Club, no Rio. Ele já estava doente. Mas, com a destreza felina de seu violão e com Leny Andrade a tiracolo, quase derrubou a casa. Durval era o balanço em pessoa. E sua canção "Batida Diferente", esta sim é um manifesto da bossa nova, da qual ele foi um soldado fiel e apaixonado.

FALA SÉRIO [23.6.2007]

No tempo em que eu fingia que levava as coisas a sério, achava que a humanidade se dividia em duas espécies de pessoas: as que dividem a humanidade em duas espécies de pessoas e as que não dividem. Entre as que dividem a humanidade em duas espécies de pessoas, convenci-me de que a humanidade se divide em duas espécies de pessoas: as que fingem que se levam a sério e as que fingem que não se levam a sério.

Entre as pessoas que fingem que se levam a sério, a humanidade se divide em duas espécies de pessoas: as que apenas fingem que se levam a sério e as que sinceramente acreditam que se levam a sério. Entre as que apenas fingem que se levam a sério, a humanidade também se divide em duas espécies de pessoas: as que fingem muito bem que se levam a sério e as que fingem muito mal. Entre as que fingem muito bem que se levam a sério, a humanidade igualmente se divide em duas espécies de pessoas: as que nos convencem de que fingem que se levam a sério e as que não nos convencem.

Entre as pessoas que sinceramente acreditam que se levam a sério, a humanidade também se divide em duas espécies de pessoas: as que sinceramente acreditam que se levam a sério e as que apenas fingem que acreditam que se levam a sério. Entre as pessoas que sinceramente acreditam que se levam a sério, a humanidade, idem, se divide em duas espécies de pessoas: as que nos convencem de que acreditam que se levam a sério e as que não nos convencem.

Esse emaranhado verbal, que exige um sábado inteiro para ser decifrado, se aplica às discussões no Senado a respeito do senador Renan Calheiros. Quase todos os seus pares no Congresso se enquadram numa das categorias acima. Eles parecem decididamente empenhados em tirar o país do sério. Como se já não tivessem conseguido.

WELTSCHMERZ NA PASSARELA [25.6.2007]

No século 19, um estrangeiro desceu do navio no Rio e, depois de dar uma volta pela cidade, declarou: "O brasileiro é um negro de todas as cores". A frase denotava admiração pela nossa variedade epidérmica. Queria dizer que o brasileiro, com um dedo mindinho na África, ou mesmo um pé inteiro, era resultado de uma impressionante mistura com outras etnias.

Corta para 150 anos depois. Se esse estrangeiro tivesse descido no Rio há duas semanas e ido direto para os desfiles da *Fashion Rio* – ou para a *São Paulo Fashion Week*, na semana seguinte –, sua impressão seria outra. Depois de assistir à passagem das centenas de modelos, ele diria: "A brasileira é uma mulher de 1,80 metro, loura, de pernas finas e compridas, sem bunda e sem ancas, com peitos pneumáticos e um curioso jeito de andar chutando para dentro. Seus avós se chamam Hans e Gretel".

Graças a uma certa onda de neo-arianismo na moda, as brasileiras tinham se tornado subitamente européias. E, desprezando nossas tradições culinárias, pareciam ter aderido à cruel dieta de Auschwitz, em voga na Segunda Guerra.

Por fim, o visitante concluiria que, pela expressão de tristeza estampada nos belos rostos das moças, elas deviam estar impregnadas de *Weltschmerz* – a "dor do mundo", um profundo sentimento depressivo na Alemanha do século 19, baseado na certeza filosófica de que a quantidade de felicidade no mundo será sempre inferior à de infelicidade, e que levou a inúmeros suicídios.

Por sorte, houve exceções, como as de Natália Guimarães, no Rio, e Luiza Brunet, em São Paulo. Ali estavam duas mulheres com a mistura de cores do Brasil, as carnes e curvas nos lugares certos e, que alívio, saudáveis e sorridentes, sem compromisso com investigações epistemológicas mais sérias.

SÁBIA DERCY

[27.6.2007]

Dercy Gonçalves, que está completando 102 anos em 100 (sua família, em Santa Maria Madalena, RJ, levou dois anos para registrá-la), é hoje a mulher mais lúcida do Brasil. No ano de seu nascimento, 1905, o presidente da República era Rodrigues Alves. Seguiram-se 24 presidentes, três golpes de Estado, duas longas ditaduras, um suicídio, uma vacância por morte e um *impeachment*. Mas Dercy continua firme.

Quando ela nasceu, Machado de Assis estava vivo e ativo. E Olavo Bilac, João do Rio e Lima Barreto. O samba ainda não existia, assim como a marchinha de Carnaval e o jazz. A televisão, nem em sonho, nem mesmo o rádio – o cinema, sim, mas Hollywood, não. E Mario Reis (1907), Carmen Miranda (1909) e Noel Rosa (1910) também ainda não eram nascidos. Pode crer.

Para não ir longe: Dercy nasceu um ano antes que Santos Dumont voasse em Paris com o 14-Bis. O austro-húngaro Franz Lehar levaria dois anos para compor *A Viúva Alegre*. Automóveis, gramofones e máquinas de escrever eram novidade e as mulheres ainda se espremiam em espartilhos. *Tico-Tico*, a revista, acabara de surgir – *Eu Sei Tudo*, *Fon-Fon* e *Kósmos*, ainda não.

Dercy nasceu muito antes da Primeira Guerra (1914-18), da Revolução Russa (1917) e da Gripe Espanhola (1918). Aliás, quando tudo isso aconteceu, ela já tinha idade para ler a respeito nos jornais. E, mais que adulta, foi contemporânea do massacre dos 18 do Forte de Copacabana (1922), da morte de Rodolfo Valentino (1926), do surgimento do cinema falado (1927), da inauguração do Cristo no Corcovado (1931). E tome polca.

Dercy viu tudo e continua entre nós, mais sábia do que muitos. Não espera ou pede nada, e não acredita em ninguém, só nela. E, se a chatearem, ela manda para aquele lugar.

[7.7.2007] NÃO AUTORIZADA

Uma repórter me perguntou se eu pensava em escrever minha autobiografia. Respondi que nem pensar, que não confiava em autobiografia de ninguém, nem na minha. "Quem escreve sobre si mesmo mente muito", expliquei. Daí ela perguntou, brincando, se eu não "escreveria uma autobiografia, mesmo que não autorizada". A idéia era intrigante pelo contra-senso. Tive de rir.

Mas, nos últimos dias, temi que me fizessem essa pergunta a sério. A discussão sobre biografias "autorizadas" ou "não autorizadas" ocupou enorme espaço na imprensa e as duas palavras ficaram quase mágicas, sem que as pessoas soubessem muito bem do que se tratava. Pois, eis.

Uma "biografia não autorizada" é aquela em que o biografado (ou seus herdeiros) toma ou não conhecimento de que se está produzindo um livro a seu respeito e se dispõe ou não a colaborar com o biógrafo. O livro é publicado, e o biografado tem duas coisas a fazer: ou gosta do que leu e telefona para o autor a fim de cumprimentá-lo; ou não gosta e mete-lhe um processo. Subentende-se que só leu o livro depois que este saiu.

Já na "biografia autorizada", o biógrafo e o biografado (ou seus herdeiros) fazem um acordo de papel passado que os torna quase sócios. O biografado se dispõe a dar todas as informações, abrir gavetas, ceder fotos, emprestar documentos, enfim, colaborar ao máximo com o biógrafo. Em troca, este concede ao biografado (ou aos advogados dele) o direito de ler o original antes de este ir para a gráfica, com o que o ilustre estará em condições de cortar o que não lhe agradar. Dependendo da quantidade de cortes, é como se o verdadeiro autor fosse o biografado. E, no fundo, é.

Donde uma "biografia autorizada" faz tanto sentido quanto "uma autobiografia não autorizada". Quer dizer: nenhum.

BIOGRAFÁVEIS

[9.7.2007]

Nos últimos anos, fui sondado por pessoas que admiro e que gostariam que eu lhes escrevesse a biografia: um ator, três atrizes, vários músicos, um estilista, um banqueiro, um empresário e uma família inteira. Fui sondado também por pessoas que não admiro, como um famoso político. Agradeci e recusei.

Primeiro, porque se tratavam de encomendas, e deve ser difícil trabalhar numa biografia com o biografado espiando por cima do ombro do biógrafo. E, mesmo que não fossem, todas essas celebridades, que merecem boas biografias, têm o defeito de estar vivas.

Uma pessoa que seja tão importante para merecer em vida uma biografia será também poderosa o bastante para atrapalhar o trabalho do biógrafo. Ao ser inevitavelmente usada como fonte (caso "autorize" ou apenas aceite a biografia), ela se dedicará a mentir sobre si mesma para o biógrafo. E, pior, poderá induzir amigos a também mentir ou, no mínimo, omitir fatos. Não dá pé.

Para mim, o único biografado possível precisa estar morto. E não pode ser um morto recente, porque a morte transforma, de saída, qualquer um em santo. Leva tempo para que os defeitos voltem a assentar sobre o cadáver e, para isso, ele precisa estar mais que geladinho. Eu diria que dez anos de morte são o mínimo para que alguém se torne um biografável confiável.

O fato de o biografado estar morto não livra o biógrafo de problemas. Há toda uma plêiade de filhos, netos, irmãos, sobrinhos e até genros do biografado, prontos a se ofender com qualquer coisa e a jogar advogados contra o biógrafo.

Donde costumo dizer que, para sossego do biógrafo, o biografado ideal seria aquele que, em vida, foi órfão, filho único, solteirão, estéril e, com todo respeito, brocha. Pena que esse biografado não exista.

DA JANELA VÊ-SE

[14.7.2007]

Como até as pirâmides do Egito já sabem, mal o nosso Cristo foi eleito uma das sete novas maravilhas do mundo começou o choro dos perdedores. Países europeus que não tiveram seus monumentos escolhidos, um deles a querida Espanha, atribuem a vitória do Cristo ao número de habitantes do Brasil.

É verdade, o Brasil tem mais habitantes que a Espanha. A China também tem mais habitantes que a Espanha e, por isso, elegeu a sua Muralha. A Índia também tem mais habitantes que a Espanha e, por isso, elegeu o Taj Mahal. Convém não insistir nesse argumento, porque o Flamengo também tem mais torcedores do que a Espanha tem de habitantes, e nem por isso elegeu o Obina como uma das novas maravilhas do mundo.

Em Paris, a Unesco criticou a escolha das maravilhas por não obedecer aos seus critérios científicos e limitar-se a quem tinha acesso à internet ou ao telefone. Bem, a maior parte da humanidade tem hoje acesso à internet ou ao telefone. O que a Unesco queria? Que só valessem os votos por pombo-correio?

Conclui-se que a Unesco, se já existisse, não avalizaria também a lista das sete maravilhas do mundo antigo, porque esta seguiu critérios ainda menos científicos. Foi feita por um único eleitor: o matemático bizantino Filon, que, em 200 a.C., viajou por cecas e mecas para elaborá-la. Sabe-se lá se, naqueles idos, Filon não levou algum por fora para eleger o Colosso de Rhodes em vez de algum monumento na Mogúncia ou na Antióquia?

O mundo ficou melhor ao reconhecer o Cristo como um belo monumento a visitar. Mas o que importa é que sua eleição representará turistas, divisas e empregos para o Rio, que os merece, e ajudará a reverter um vergonhoso fato: o de que todo o Brasil, grande e bobo como é, recebe menos turistas por ano do que a Torre Eiffel.

VAIA EM JULINHO

[18.7.2007]

Em 1959, o Brasil ia enfrentar a Inglaterra no Maracanã. Seria o primeiro jogo da Seleção em casa desde a Copa da Suécia no ano anterior e, não por acaso, no seu palco favorito.

Era o Brasil de Pelé e Garrincha. Mas, se Pelé era indiscutível, a imprensa passara a semana alertando para a possibilidade de Garrincha ser barrado. Motivos não faltavam: estava gordo, lento, dispersivo e, todos sabiam, exaurindo-se nos braços da vedete Angelita Martinez, o avião dos aviões. Mesmo assim, ninguém acreditava que o deixassem de fora. Na hora do jogo, quando o locutor do Maracanã anunciou Julinho na ponta direita, os 127 mil presentes, apaixonados por Garrincha, mandaram a maior vaia da história do estádio.

Julinho também era um grande jogador. Só não fora à Suécia com a Seleção porque estava na Itália e, naquele tempo, os "estrangeiros" não tinham vez. Era um homem sensível, apaixonado pelo Brasil. Acabara de ser repatriado pelo Palmeiras e fora convocado para ser reserva de Garrincha. De repente, via-se titular e ouvia a voz do Maracanã – a voz do Brasil.

Subiu chorando os degraus de acesso ao gramado e, ainda chorando, cantou o Hino. A vaia não parava. Mas o jogo começou e, ali, Julinho convenceu-se de que precisava ser Julinho, não um menino amuado. Mal foi dada a saída, descadeirou um inglês com um drible. O estádio silenciou. Aos dois minutos, fez o primeiro gol. O Maracanã quase desabou em aplausos. E assim foi pelo resto do jogo: a cada grande jogada de Julinho, ou se ele apenas tocava na bola, o Maracanã delirava. No segundo tempo, ainda cruzou para Henrique, do Flamengo, fechar o placar em 2 x 0.

Naquele dia, Julinho foi grande na vaia e o Maracanã, no aplauso. Os dois saíram maiores do episódio. Mas há de ser um craque para dobrar um estádio.

TERRA, MAR E AR

[21.7.2007]

Se o leitor está a ponto de vir ao Rio para o Pan, como atleta, cartola ou torcedor, e tem alimentado uma típica paranóia sobre sua segurança, saiba pelo menos de uma coisa: não há a menor possibilidade de o amigo sofrer um atentado por terra, mar ou ar.

Desde o início dos jogos, e por toda a duração do Pan, a Aeronáutica baniu as asas-delta e os pára-pentes que decolavam das rampas da Pedra Bonita, em São Conrado, e coalhavam lindamente o céu sobre as praias das zonas Sul e Oeste cariocas. Ficou também proibido saltar de pára-quedas, pilotar ultra-leves e alugar helicópteros civis para passeios, mesmo que apenas para adejar ao redor do Cristo. (O bondinho do Pão de Açúcar, por enquanto, continua liberado.)

Por que tudo isso? Pela segurança. Mas, segurança de quem? Algum atleta brasileiro, hondurenho ou de Trinidad e Tobago corre o risco de um atentado vindo do céu?

A vigilância não se restringe à interdição do espaço aéreo sobre as arenas. Na Lagoa, palco das competições de remo e canoagem, os pedalinhos em forma de cisne foram estacionados na altura do Cantagalo e de lá não saem, para evitar que um solerte terrorista se aproveite da candura do veículo e, pedalando mansamente, vá alvejar algum remador de Antígua e Barbuda.

No Parque Aquático Maria Lenk, um repórter teve seu sanduíche de salada de atum confiscado pela segurança. Na Marina da Glória, o alvo foi um frasquinho de lavolho. E, no Complexo do Autódromo, um pai teve de lamber o danoninho de sua filha para provar que aquilo não era uma bomba química. Tal e qual nos aeroportos.

Tudo isso, claro, são imposições dos EUA. Graças às lambanças do governo americano, seus pobres atletas não têm sossego em lugar nenhum e, com isso, o mundo inteiro é suspeito de odiá-los.

[23.7.2007] A REDENÇÃO DO "Y"

Alvíssaras! Enfim na legalidade! Com as mudanças na ortografia da língua portuguesa a partir de janeiro de 2008, o "k", o "w" e o "y", banidos desde 1942, serão reincorporados ao alfabeto. Com isso, posso finalmente andar de cabeça erguida e assinar meu nome – com "y" – em cheques, fichas de hotel e cartelas de restaurante a quilo, para não citar esta coluna, sem a sensação de estar cometendo falsidade ideológica.

Nascido em 1948, com o "y" já fora da lei, fui registrado Ruy por meu pai, ele também Ruy, e um escrivão distraído deixou passar. Mas você se torna o seu nome e, desde então, tive de defender esse "y" contra os fanáticos e legalistas que insistiam em trocá-lo pelo "i", com o qual me sinto nu em letra de fôrma.

Os puristas insistiam na alegada inexistência do "y" em português, assim como a do "k" e do "w", fingindo ignorar que ela fora imposta por decreto e nunca impedira que tais letras continuassem imprescindíveis no dia-a-dia – vide "km" (por quilômetro), "watt" (a unidade de medida da energia elétrica) etc. etc. Se o Aurélio e o Houaiss sempre dedicaram páginas a essas letras, como elas podiam não existir?

Quanto ao "y", o que seria da música brasileira sem ele? Bidu Sayão, Ary Barroso, Aracy Cortes, Aracy de Almeida, Sylvio Caldas, Synval Silva, Alcyr Pires Vermelho, Dorival e os demais Caymmis, Aloysio de Oliveira, a Lyra de Xopotó, Dick Farney, Ivon Cury, Johnny Alf, Nora Ney, Maysa, Cauby Peixoto, Billy Blanco, Celly Campello, Carlos Lyra, Walter Wanderley, Sylvia Telles, Alayde Costa, Leny Andrade, Pery Ribeiro, João Roberto Kelly, Rosemary, o Quarteto em Cy, Joyce, Suely Costa, Baby Consuelo, Moacyr Luz, Daniela Mercury, Yamandú Costa e muitos mais poderiam até existir – mas não seriam os mesmos.

[4.8.2007] SEM MÃE PARA DELETAR

Quando saio ao terraço, vejo o garoto pela janela do prédio em frente, a partir de duas da tarde. Tem cerca de dez anos e passa o dia sentado em seu quarto, diante da televisão, e sempre num desenho animado. A diferença é que seu rosto fica a três palmos da tela, e esta é daquelas de parede, com mais de 50 polegadas. Ninguém assiste de tão perto a uma TV dessas.

Mas ele não está vendo TV. Está no computador – o teclado e o monitor ficam bem debaixo da supertela. A cena se repete pelo resto do dia e invade a noite e a madrugada. Quando eu próprio acho que é hora e saio apagando as luzes do meu apartamento, deixo-o lá, acordadíssimo, digitando sob um Pernalonga gigante.

Assim como eu, ele mora na quadra da praia, a qual não é de se jogar fora. Vem gente de longe para conhecer o Leblon. Nesta semana, tivemos uma ressaca que atirou areia na pista, levantou parte do calçadão e fez a delícia dos surfistas. Foi um espetáculo bonito. Posso apostar que ele não desceu para apreciá-lo.

Corre na televisão um comercial de outro garoto sentado ao computador, sendo admoestado pela mãe: "Larga essa internet, Pedro Henrique!", ou coisa que o valha. Pedro Henrique, de frente para a câmera e de costas para a mãe, faz todas as caras de aporrinhação e tédio. A mãe não tem esse direito.

De repente, ele perde a paciência. Digita alguns controles e, ploft, "deleta" a mãe. Era o que faltava para a sua felicidade: livrar-se daquela chata. A internet agora é só dele – ou ele, dela.

Meu jovem vizinho aqui no Leblon é mais feliz: não precisa deletar a mãe. Nunca vi um adulto no dito apartamento. E, se houver, nunca foi a seu quarto mandá-lo largar o teclado e ir fazer qualquer outra coisa. Mas tanto faz se há ou não esse adulto. O guri mora sozinho do mesmo jeito.

O PAÍS A PÉ [8.8.2007]

Quando comecei a ir a São Paulo a trabalho, em 1978, ainda existia o Santa Cruz, o belo trem que nos ligava. Nos dois ou três anos seguintes, fui e voltei várias vezes por ele, sempre com prazer. Quando se viajava com a namorada, havia, não me lembro por quê, uma disputa pelas cabines com leito transversal ao trilho.

Era uma viagem civilizada e até divertida. Flanava-se do vagão-restaurante ao vagão-bar e vice-versa, como nos filmes, e havia vagões comuns, onde as pessoas se conheciam e se misturavam. Depois, dormia-se. As suítes eram confortáveis e as cabines tinham banheiro. Embarcávamos de noite na Central do Brasil e, nove horas depois, sem parar, cedinho de manhã, estávamos na Estação da Luz.

Hoje, com os *laptops*, celulares e outros dispositivos, um executivo poderia fazer essa viagem e continuar despachando como se estivesse no escritório, adicionando mais um turno ao seu expediente. Mas isso será problema dele. Se um dia eu voltar a fazê-la, continuarei apenas zanzando entre os vagões, como acho que se deve fazer em trens.

Digo "se" porque o trem Rio-São Paulo já foi desativado há muito. E, fora a ponte aérea, não restam tantas opções. Há os ônibus e os carros particulares, que, segundo dizem, rolam por uma estrada caprichada e segura. Mas estamos falando do percurso entre as duas maiores cidades do país, uma ao lado da outra.

Fico me perguntando como se faz para cobrir outros percursos importantes. Aviões, já não há. A malha ferroviária do país foi desmantelada. Das estradas brasileiras, só 11% são asfaltadas, e quem viaja sabe do estado da maioria delas. Transporte fluvial de passageiros, quem ainda ouve falar nos itas que vinham do Norte?

Ou seja, o brasileiro está condenado a ficar em casa. E o país, a andar a pé.

O BRASIL ACOELHADO

[13.8.2007]

Em 1959, o escritor Álvaro Lins, embaixador do Brasil em Portugal, foi atender à campainha de sua casa em Lisboa e deparou com o general Humberto Delgado, líder da oposição portuguesa e inimigo nº 1 do ditador Oliveira Salazar.

Delgado batera à sua porta para pedir asilo político. Dizia-se ameaçado de morte pela PIDE, a polícia política. Álvaro Lins não discutiu. Botou-o para dentro. Naquele momento, Delgado era alguém que pedia ajuda ao Brasil – e o Brasil, como signatário dos tratados internacionais que garantiam asilo a perseguidos políticos, não podia deixá-lo na rua.

Em condições normais, seria um processo simples. Lins comunicaria ao chanceler português que Delgado lhe pedira asilo; o chanceler reconheceria esse direito e, dias depois, sempre protegido pela embaixada, Delgado tomaria um avião para o Rio.

Mas não foi o que aconteceu. O chanceler, digo Salazar, negou que houvesse qualquer coisa contra Delgado e pôs a PIDE à porta do embaixador, para evitar que o general fugisse.

O impasse se arrastou, com Álvaro Lins exibindo os tratados, segundo os quais quem decide sobre a situação do asilado é o país que asila. Não adiantava.

E então veio o pior. No Rio, o presidente Juscelino Kubitschek estava tiririca com Álvaro Lins. Aquele caso lhe criava um problema terrível com Salazar, com quem JK não queria ficar mal, para não atrair a antipatia dos ricos negociantes portugueses no Brasil. E dificultou como pôde a vida de Álvaro Lins.

Durou meses, mas Álvaro Lins conseguiu embarcar Delgado naquele avião. Em seguida demitiu-se, fez as malas, deixou suas condecorações para trás e também voltou para o Rio. Onde dedicou-se a combater Juscelino, que, para ele, acoelhara vilmente o Brasil junto a um ditador estrangeiro.

CIDADE LIMPA

[15.8.2007]

Na última vez em que estive em São Paulo, gostei de ver como a cidade ficou mais limpa sem os painéis de propaganda que lhe davam um certo ar de página dupla de revista de supermercado. E gostei também de ver como a antiga desordem das fachadas comerciais estava sendo contida pela autoridade.

Fiquei sabendo que esse processo de disciplina urbana se propõe a limpar São Paulo dos grafites e pichações, restaurar prédios antigos, recuperar praças, cuidar do mobiliário urbano – enfim, devolver a cidade aos cidadãos. O raciocínio é simples: quanto mais agradável um logradouro, mais ele será ocupado por quem de direito, que são as pessoas de bem.

Disseram-me que, no começo, houve uma grita contra essas medidas do prefeito Gilberto Kassab. Os publicitários chiaram porque perderam uma cidade inteira onde pendurar seus *outdoors*. E os comerciantes, que não viam limites para entulhar as ruas e calçadas com suas faixas e tabuletas, também não gostaram. Paciência.

Não conheço o prefeito Kassab, não sei a que partido pertence e não preciso saber. Mas gostaria que o Rio adotasse algumas medidas que ele está executando em São Paulo.

Aqui já há leis profiláticas que proíbem *outdoors* na maioria das ruas. Mas não há nenhuma que regule a agressividade dos letreiros e fachadas comerciais. Qualquer rede de bancos, farmácias, supermercados, loja de colchão ou de casa e vídeo se sente no direito de esbofetear o transeunte com suas cafonices gigantes, vermelhas ou amarelas, e sempre encobrindo um magnífico prédio.

O Rio é candidato a Patrimônio da Humanidade junto à Unesco, na categoria Paisagem Cultural. Merece e pode levar. Mas não com esses estupores que conspurcam a paisagem e a cultura. Xô com eles.

A UTOPIA DA MELANCIA QUADRADA [18.8.2007]

Um dia, ao guardar uma melancia na geladeira, certo agricultor japonês da ilha de Shikoku observou que ela tomava mais espaço do que precisava. Com sua forma arredondada, deixava cantos vagos que não podiam ser ocupados com nada. Além disso, a falta de estabilidade a tornava difícil de cortar. Um caso clássico de erro de *design* por parte da natureza.

O homem resolveu agir. Passou a cultivar melancias dentro de caixas de vidro – ao crescer, elas teriam de adotar o formato da caixa. Vinte anos e muitas gerações de melancias depois, em 2001, ele colheu as primeiras melancias quadradas. Isto é um fato. As agências internacionais até deram as fotos.

Não que as melancias quadradas fossem perfeitas. Entre outras coisas, em alguma fase do processo, perdiam a doçura e ficavam neutras como pepinos. E quem precisa de pepinos quadrados?

Ao ler aquilo, pensei que, quando um país se dá ao luxo de cultivar melancias quadradas, é porque chegou ao ápice e já resolveu todos os outros problemas. Mas o Japão também tem seus problemas.

Depois me convenci de que, ao contrário, quanto mais um país tem problemas, mais deveria cultivar melancias quadradas. Enquanto seus economistas queimam pestanas para fazer o país andar, é preciso que um sonhador se debruce sobre a utopia da melancia quadrada.

O perigo é quando os economistas resolvem eles próprios partir para a melancia quadrada. Esta semana, enquanto as Bolsas desabavam pelo mundo, o ministro da Fazenda, Guido Mantega, dizia, feliz como água de chafariz, que o Brasil estava numa boa, cheio da grana, e nada nos atingiria. No fundo, estava apenas produzindo uma melancia quadrada.

Agora que os fatos o desmentiram, ele precisa explicar o tamanho do pepino.

O EFEITO COOLIDGE

[22.8.2007]

Um antigo presidente americano, Calvin Coolidge, já entrado em anos, só pensava em mulher. Na verdade, era um militante da galinhagem, embora não muito ativo com a esposa. Certa vez, o casal Coolidge visitou uma feira de gado na Filadélfia.

Lá pelas tantas, mostraram à sra. Coolidge um cavalo velho, mas ainda grande reprodutor, capaz de cobrir várias vezes por dia. A primeira-dama ficou impressionada. Virou-se para o marido e lhe falou da performance do bicho. Coolidge também ficou impressionado. Só que perguntou, na frente de todo mundo: "Mas com a mesma égua?".

Desde então, a teoria sobre a natureza poligâmica do macho de qualquer espécie ganhou em biologia o nome de "efeito Coolidge". Significa que a natureza – que não liga para o sexo e só quer saber da reprodução – predispõe o macho à variedade, para que ele não desperdice sêmen com fêmeas que já inseminou e, ao contrário, insemine quantas fêmeas puder. Já a fêmea, depois de inseminada, teria mais o que fazer do que sair seduzindo outros machos – daí ser monogâmica. É o que diz a teoria, não eu.

Um livro recém-lançado, *O Mito da Monogamia*, dos americanos David Barash e Judith Eve Lipton, ele, zoólogo, ela, psiquiatra, discorda dessa teoria e dessa monogamia feminina. Parece que, enquanto o homem continuou igual a qualquer macho, a mulher evoluiu em relação às outras fêmeas.

Como estas, ela também precisa pesquisar o mercado até encontrar o homem que "ama", ou seja: que goste dela, exiba "bons genes" e possa sustentar a prole. Mas, às vezes, ela descobre que se enganou. Se esse homem não perde um capítulo da novela, dorme de meias e torce pelo Bonsucesso, ela pode continuar a amá-lo, mas não fica parada: deixa-o na reserva e vai à procura de outro, com genes mais excitantes. No que faz muito bem.

DR. MABUSE PERDE

[25.8.2007]

Há alguns anos, numa das raras vezes em que comprei um livro ou DVD pela Amazon, mandei vir um filme italiano de terror, *La Maschera del Diavolo*, de 1960, um pequeno clássico do gênero, dirigido por Mario Bava, que vi na época e gostei muito. O filme continuava bom, e melhor ainda era Barbara Steele, uma atriz inglesa que faria carreira na Itália mordendo pescoços.

Bastou essa compra para que a memória do computador da Amazon decretasse que eu era um especialista em filmes de terror, principalmente italianos, e passasse a me invadir a tela com as novidades. Não houve filme de vampiro *al dente*, comédia de lobisomem calabrês ou dramalhão envolvendo raviólis envenenados que não me fosse oferecido.

Apesar de eu nunca mais ter comprado nada, a Amazon não desistiu. Continua até hoje a me bombardear com anúncios de novas edições de *Frankenstein*, *A Múmia* ou *O Monstro da Lagoa Negra* em DVDs duplos e triplos, cheios de extras. De fato, tenho um certo chiquê por esses monstros. Mas, para o computador da Amazon, eles são meu único interesse no mundo.

Estamos deixando a máquina interferir demais na nossa vida. Na Inglaterra, já há uma câmera de vídeo em circuito fechado para cada 14 cidadãos. A nova carteira de identidade, que todos lá estão sendo obrigados a tirar, contém mais de 150 informações sobre a pessoa, como endereço particular, registro profissional e DNA. Quando esses dados forem conectados às câmeras, o sujeito poderá ser vigiado até dentro de casa. E não adiantará pegar o carro e fugir – o GPS, que um dia também será obrigatório, dirá a uma central para onde ele está indo. Dr. Mabuse perde.

É preciso resistir. De mim, até agora, os mil olhos do ciberespaço só sabem que sou louco pela múmia e pelo monstro da lagoa negra.

[27.8.2007] "RONDA" ÀS TRÊS DA MANHÃ

O Ministério da Saúde descobriu que 27% dos brasileiros do sexo masculino tomam mais de cinco doses de bebidas alcoólicas por dia. A média "normal" em outros países fica entre 10 e 15%. Por que essa diferença? Porque, massacrado pela propaganda na televisão, o brasileiro é estimulado a beber o dia inteiro.

Bebendo, você nunca está sozinho. Há sempre uma morena gostosa de olho no seu copo. O problema é que você tem de disputá-la com os outros 30 marmanjos bebendo na sua mesa. Todos, por sinal, vendendo saúde, disposição e, contrariando uma das "normas" do Conar, juventude – nenhum deles aparenta nem perto de 25 anos.

O máximo do escárnio aconteceu há pouco, quando um dos patrocinadores oficiais do Pan-Americano foi uma nova cerveja, de nome e apelo decididamente infanto-juvenis. Seria interessante saber se os atletas vistos competindo atingiriam aquelas marcas se tomassem a gororoba com a assiduidade com que ela era apregoada no vídeo – várias vezes por hora.

Outra pesquisa recente revelou que os jovens brasileiros estão bebendo cada vez mais cedo – neste momento, aos 13 anos. Nada de surpreendente nisso, já que a publicidade de cerveja (que representa 61% do consumo de bebidas alcoólicas no país) é toda feita para eles. Não há possibilidade de um comercial mostrar uma roda de homens maduros e mulheres de olheiras se encharcando e engrolando "Ronda" num botequim às três da manhã, como acontece na vida real.

A juventude e a TV brasileiras ficarão mais saudáveis se o governo banir do vídeo, pelo menos de 8h às 20h, a mentira de que cervejas, vinhos, *ices* e *coolers*, por conterem "pouco álcool", são inofensivos. A diminuição nos índices de acidentes de trânsito e de violência sexual e doméstica dirá melhor.

O AUTOCLISMO DA RETRETE

[1.9.2007]

Em 1973, fui trabalhar numa revista brasileira editada em Lisboa. Logo no primeiro dia, tive uma amostra das deliciosas diferenças que nos separavam, a nós e aos portugueses, quanto à língua falada. Houve um problema no banheiro da redação e eu disse à secretária: "Isabel, por favor, chame o bombeiro para consertar a descarga da privada".

Isabel franziu a testa e só entendeu as quatro primeiras palavras. Pelo visto, eu estava lhe pedindo que chamasse a Banda do Corpo de Bombeiros para dar um concerto particular de marchas e dobrados na redação.

Por sorte, um colega brasileiro, em Lisboa havia algum tempo e já escolado nos meandros da língua, traduziu o recado: "Isabel, chame o canalizador para reparar o autoclismo da retrete". E só então o belo rosto de Isabel se iluminou.

Há uma reforma ortográfica ameaçando entrar em vigor em 2008 para "unificar" a escrita no Brasil, em Portugal e na

África dita lusófona. É uma conspiração de acadêmicos embuçados contra o trema (lingüiça se tornará "linguiça"), o acento circunflexo (vôo, "voo") e o hífen (contra-regra, "contrarregra" – que horror). Em Portugal, facto se tornará "fato", e lá se vão as consoantes mudas de que eles, com razão, se orgulham.

Tal unificação é inócua na prática. Mesmo escrevendo tudo igual, Brasil e Portugal continuarão com suas ricas e necessárias diferenças de vocabulário. Sei disso porque meu livro *Carnaval no Fogo* precisou ganhar notas de pé de página ao ser editado em Lisboa no ano passado.

As notas explicavam que picolé é "gelado de palito", pinto é "pênis", ficar tiririca é "ficar furioso", mumunha é "artimanha", pé-frio é "indivíduo azarento", fuzuê é "folia colectiva" e por aí afora. Mas, mesmo sem elas, todo mundo entenderia – porque assim é a língua portuguesa.

[5.9.2007] VIDA VIRTUAL

Pesquisa divulgada há pouco revelou que, no mês de julho, o internauta brasileiro passou 23 horas e 30 minutos "navegando" na internet. Essa marca é uma hora e três minutos maior que a de junho, que, por sua vez, era quase uma hora maior que a de maio e assim por diante. Ou seja, de 30 em 30 dias, o brasileiro fica mais tempo ligado à rede.

Significa também que, a cada 30 dias, o brasileiro já está passando quase um dia inteiro com os olhos na telinha, os dedos no *mouse* ou no teclado, as pernas criando varizes, a coluna indo para o beleléu e o cérebro mais na virtual que na real.

Apenas por comparação, as 23 horas e 30 minutos mensais do brasileiro deixam longe as 19 horas e 52 minutos do americano, as 18 horas e 41 minutos do japonês e as 18 horas e 7 minutos do alemão. Das duas, uma: ou os americanos, japoneses e alemães têm mais o que fazer, ou nossa apaixonada adesão à internet fará com que, em pouco tempo, os superemos em tecnologia, pesquisa, jornalismo, *download* e compras, que compõem a internet para adultos. E aí sim vamos ver quem tem mais garrafa vazia para vender.

Enquanto esse dia não chega, já podemos pelo menos observar algumas conquistas da internet entre nós. Por causa da internet, diz outra pesquisa, o jovem brasileiro tem deixado de praticar esportes, dormir, ler livros, sair com os amigos, ir ao cinema ou ao teatro e estudar. E, com certeza, está deixando também de praticar outros itens não contemplados pela pesquisa, como namorar, ir à praia ou ao futebol, visitar a avó, conversar fiado ao telefone e flanar pelas ruas chutando tampinhas.

Admito que muitas dessas atividades possam ser substituídas com vantagem pelas horas que o brasileiro passa na internet. Mas flanar chutando tampinhas, não.

O HORMÔNIO DO AMOR

[8.9.2007]

A ciência nos surpreende a cada dia. Acaba de descobrir que o Viagra não é apenas o remédio milagroso capaz de devolver os mais relutantes mecanismos aos seus dias de alegria – o que já seria muito. Torna também o sujeito mais terno, sensível e humano, não somente com sua mulher ou namorada, mas de modo geral.

Isso foi constatado há pouco em experiências feitas com ratos na Universidade de Wisconsin-Madison (EUA). Os cientistas usaram ratos que ultimamente vinham apresentando problemas de ereção, tédio conjugal e irritabilidade social.

Submetidos ao Viagra, observou-se que esses ratos, em sua maioria, dedicaram-se a abraçar e beijar carinhosamente suas fêmeas depois do ato sexual. Nenhum deles acendeu um cigarro ou se virou para o canto e começou a roncar, como costuma ser a norma entre ratos. Os cientistas viram também como muitos dos ratos pesquisados superaram o tradicional egoísmo e se seguraram até que suas companheiras tivessem prazer. E, para completar, houve ratos que, minutos depois do ato, saltaram da cama e foram alegremente para a cozinha lavar os pratos do jantar.

Nada de misterioso nisso, e engana-se quem pensa que o Viagra é só uma versão *hightech* do chá de catuaba ou da sopa de piranha. Na verdade, é um dos nomes comerciais do genérico sildenafil, substância que triplica a liberação da oxitocina no cérebro. A qual, por sua vez, é um hormônio chamado na intimidade de "hormônio do amor", por sua influência na construção de laços afetivos entre os indivíduos.

Mas é cedo para tirar conclusões definitivas. As experiências feitas até agora se limitaram aos ratos. E, quando se trata de tentar aperfeiçoar suas relações afetivas, o ser humano, como sabemos, é um osso bem mais duro de roer.

CANA MÁXIMA [12.9.2007]

Zeu de Tal, um dos sete condenados pela morte do repórter Tim Lopes em 2002, beneficiou-se em julho último da "progressão da pena" que vigora entre nós. É um dispositivo pelo qual, tendo cumprido 1/6 do tempo, o detento pode sair para passear, visitar a velha ou cometer novos crimes, desde que volte para dormir atrás das grades. Zeu, compreensivelmente, preferiu não voltar.

Fora da prisão, o beneficiado pela "progressão da pena" tem uma agitada vida social. Alguns de seus compromissos são com os que contribuíram para a polícia prendê-lo cinco anos antes. Essas pessoas costumam ser gente pobre das "comunidades" por onde o bandido circulava. O dito Zeu não deve estar chegando para as vinditas.

Tim Lopes foi morto no Complexo do Alemão pela quadrilha do traficante Elias "Maluco" por causa de uma reportagem de TV. Eles o torturaram, amputaram seus membros a frio e, terminado o serviço, levaram-no ao "microondas" – queimaram-no em pneus – para desaparecer com o corpo. Zeu participou fornecendo a gasolina. Pegou 23 anos de cadeia.

Mas, no Brasil, mesmo que o sujeito seja condenado a 300 anos, a sentença cai para um máximo de 30. Elias "Maluco", por exemplo, pegou 28. Como já cumpriu mais de 1/6 disso, também está passando da hora de gozar dos privilégios da "progressão da pena". Donde se conclui que, no Brasil, a cana máxima para seqüestrar, torturar, esquartejar, carbonizar e sumir com o corpo é de cinco anos.

Parece que uma nova lei restringiu a "progressão da pena" ao cumprimento de 2/5 da sentença para os primários e 3/5 para os reincidentes. Mas não está sendo aplicada, em respeito aos "direitos adquiridos" dos detentos. É bom saber que, não demora, teremos Elias "Maluco" circulando de novo na praça.

HOMENS ENCAPUZADOS [15.9.2007]

Na madrugada de terça-feira, um grupo de 20 homens encapuzados (as primeiras notícias falavam em 40) rendeu o vigia de uma marmoraria na Água Branca (zona oeste de São Paulo), armou uma quantidade de explosivos de uso exclusivo do Exército e detonou uma parede para chegar ao interior do prédio ao lado, que abriga uma transportadora de valores.

Os bandidos roubaram cerca de R$ 10 milhões em malotes e, armados de fuzis e metralhadoras, fugiram em dez carros. A explosão disparou um alarme que alertou a PM. Esta os perseguiu pela rodovia dos Bandeirantes, houve troca de tiros e dois bandidos morreram. Parte do dinheiro foi recuperada em quatro carros que eles abandonaram. Foi uma operação espetacular, mas que deu prejuízo.

No dia seguinte, em Brasília, outro grupo de 40 homens (as previsões falavam em apenas dez) rendeu 130 milhões de eleitores e, usando de prerrogativas exclusivas, como a de botar o rabo entre as pernas para votar, explodiu de vez a confiança do brasileiro no Senado ao derrubar o processo de cassação do senador Renan Calheiros.

Suas Excelências não precisaram fugir do local às pressas, nem trocar tiros, nem foram perseguidos pela polícia. Terminada a operação, cada qual voltou tranqüilamente para seu apartamento funcional em Brasília, onde, qualquer que seja o bairro, estão todos a salvo do povo e de cobranças pessoais. Apesar de se terem encapuzado para votar, é possível identificar a maioria desses elementos, embora os mais cínicos estejam simulando repudiar o próprio voto. Outros, que se "abstiveram", estão pulando miudinho para explicar por que cuspiram em seus eleitores. Tecnicamente, todos morreram.

A diferença entre as duas operações é que a dos senadores não se passou por reles R$ 10 milhões.

[19.9.2007] SACOS INDESTRUTÍVEIS

A humanidade deve muito a uma dona-de-casa americana chamada Margaret Knight. Em 1869, ela resolveu um problema que a aborrecia sempre que voltava do mercadinho. Ao descansar o saco de ovos em cima da pia, eles carambolavam uns sobre os outros, quebravam-se e faziam uma lambança sobre o tampo de mármore. E tudo porque, segundo um conceito categórico e eterno, os sacos vazios não paravam em pé.

Margaret decidiu criar um saco que, mesmo vazio, parasse em pé. Com isso, não só derrotaria aquele fatalismo filosófico como seus ovos deixariam de carambolar. Assim, com a simples inserção de uma lâmina de cartolina no fundo do saco, inventou o saco de fundo chato. O saco ficou em pé, os ovos se acomodaram com perfeição e, graças a Margaret, as donas-de-casa levaram os 100 anos seguintes felizes da vida com seus belos sacos de papel pardo, que passaram a servir para transportar tudo, inclusive ovos.

Até que, a partir de 1970, os sacos plásticos substituíram os de papel e, além de não parar em pé, soterraram o planeta com sua vulgaridade, feiúra e, olha só, indestrutibilidade. Julgando-os "descartáveis", só há pouco descobrimos que cada um levará cerca de 500 anos na natureza até ser absorvido por ela – se um dia o for.

Mas nem tudo se perdeu. O governo do estado do Rio (por cujo comércio circulam um bilhão de sacos plásticos por ano, intoxicando mares, rios, parques, matas e trilhas) acaba de entrar com um projeto de lei propondo a substituição desses sacos por outros feitos de material orgânico e reutilizável, como malva ou algodão. Por inevitável, prevê multas pesadas para os comerciantes que não aderirem.

Esse projeto precisa passar, para servir de exemplo. E melhor ainda se os novos sacos tiverem o fundo chato e pararem em pé.

MARCHINHAS CONTRA O ABISMO

[22.9.2007]

Há uma certa sensação de abismo no ar. Nunca antes neste país se viu tanta liberdade – o Congresso, os jornais, os tribunais, os botequins, os púlpitos, as bocas-de-fumo, os bordéis, está tudo aberto e funcionando. E, no entanto, tem-se a impressão de que isso não basta para fazer com que as coisas mudem.

O Senado absolve Renan Calheiros e deixa o país com gosto de perereca na boca; os homens de bem reagem, chamam seus absolvidores de sacripantas para baixo e ninguém se ofende. O governo precisa de um imposto imoral para cobrir seus rombos também imorais; a grita contra é de ensurdecer, mas, como se fosse uma fatalidade divina, o tal imposto será – com trocadilho – imposto do mesmo jeito. Os exemplos abundam.

Talvez os instrumentos tradicionais para espernear e para lutar pelo pudor público já não sejam eficientes. Eliminada a hipótese de jogar bombas ou ovos, só vejo uma saída: as marchinhas de Carnaval.

De 1930 a 1960, elas ajudaram o Brasil a desafogar. Entre outras questões, as marchinhas foram contra Brasília, os funcionários públicos ociosos e os puxa-sacos, e a favor de Getúlio Vargas, dos carecas e do rinoceronte Cacareco. Eu sei, nem todos esses itens eram fundamentais, mas os tempos também eram outros, menos cínicos.

Pois já se pode usar de novo a marchinha para protestar. A Fundição Progresso, na Lapa carioca, está promovendo seu terceiro concurso nacional de marchinhas. Para quem quiser se aventurar, os vencedores levam prêmio em dinheiro, ganham matéria no "Fantástico" e gravam um CD na Som Livre. As inscrições já passam de 2 mil.

Se, nos próximos Carnavais, uma marchinha abortar uma fraude ou derrubar um ministro, não se esqueça: eu avisei.

LOBBIES QUE VENCERAM

[29.9.2007]

O Brasil tem hoje dois lobbies implacáveis: o antitabagista e o pró-maconha. O *lobby* antitabagista já venceu. Embora o cigarro comercial esteja banido de 99% dos lugares fechados, a simples visão de um cinzeiro num pátio a céu aberto basta para provocar um surto de pigarros e espasmos de indignação. Tenta-se agora expurgar o cigarro também das ruas. Para isto, reduziu-se o fumante a um cidadão de 5ª. – mesmo na esquina, fumando à espera de o sinal abrir, ele se sente olhado com intensa hostilidade. E, claro, ninguém mais ousa defender o cigarro por escrito.

Já o *lobby* pró-maconha está quase lá. Desde que conseguiu generalizar a crença de que maconha "não faz mal" ou faz "menos mal" que um marlboro comum, ninguém o segura. Os jornais acolhem artigos de colaboradores que usam tal argumento na defesa da sua legalização irrestrita. E os diletantes se encarregam de difundir essa idéia, alheios à opinião médica segundo a qual um baseado equivale a um maço de cigarros industriais, só que com o dobro de substâncias tóxicas, agravadas pelo calor altamente cancerígeno da guimba que se fuma até o último milímetro.

Pensando bem, para que legalizar a maconha? Já não está informalmente legalizada? No Rio, pode ser fumada na praia, no Maracanã, nos *shows* em ginásios, nos bailes *funk*, nas festas *rave*. Ninguém torce o nariz ao seu fedor, digo, redor, para não passar por careta.

Resta ver se, oficializada, ela conservará seus privilégios. Se a maconha se fuma do mesmo jeito que os cigarros normais e empesteia igualmente o ambiente – na verdade, mais –, imagino que, na lei, ela estará sujeita à mesma hostilidade dirigida hoje aos usuários do roliúde. Talvez os restaurantes devessem reservar uma área especial para quem queira queimar um jereré.

ESPÍRITO DE PORCO

[1.10.2007]

Nas discussões sobre *Tropa de Elite*, o bangue-bangue entre polícia e traficantes, há quem acuse o filme de ser excessivamente a favor da polícia – donde, "fascista". Outros o acham apenas realista ou coisa que o valha. Não me pergunte, não fui assisti-lo e não tenho opinião. Mas há um ponto nesses debates em que, inspirados pelo filme, todos os litigantes parecem concordar e ninguém sequer discute: é preciso liberar as drogas. Sem o tráfico, acaba o traficante – garantem a uma voz.

Será? Parece boa idéia, mas perguntará um espírito de porco: que drogas seriam liberadas? Se for apenas a maconha, não se pode garantir que o dito traficante tenha de se aposentar – porque sempre lhe sobrarão as outras drogas com as quais ele já trabalha: cocaína, *crack*, ácido, *ecstasy* e demais substâncias de grande procura entre os jovens. Aliás, se a maconha for liberada, é certo que o grosso da demanda se voltará para essas atrações.

Supondo que haja uma liberação geral e que, com uma penada, todas as drogas fiquem dentro da lei aí sim, nossos traficantes se verão em palpos de aranha. Terão de mudar de ramo, talvez drasticamente. Alguns abandonarão suas bocas-de-fumo no Alemão e virão trabalhar com carrocinhas de pipoca na porta dos cinemas da zona Sul. Outros, egressos da Maré, talvez se dediquem a vender CDs piratas do padre Marcelo na Central do Brasil. E o que farão com seus tremendos arsenais? Sendo certo que abandonarão a vida de crimes, só lhes restará vender seus fuzis e granadas de volta para a PM ou para o Exército, quem sabe com prejuízo.

A idéia de que, legalizado um produto, o tráfico perde a razão de ser é boa na teoria. Mas há uma pergunta que não quer calar: se quase todo o comércio é legalizado, por que não se consegue acabar com o camelô?

COMO UM TUMOR

[6.10.2007]

Cientistas da Universidade de Hiroshima, no Japão, criaram uma rã transparente, cujas intimidades ficam expostas e podem ser perfeitamente observadas pelo lado de fora. Com isso, salvaram-se gerações inteiras de rãs, porque os cientistas não precisarão dissecá-las mais para saber como reagem às substâncias que eles vivem lhes injetando. Outra vantagem é a de que poderão acompanhar uma rã por todo o seu ciclo de vida – o ciclo de vida da rã, claro, não dos cientistas.

Para chegar à rã transparente, os japoneses, craques em engenharia genética, levaram anos cruzando exemplares de rãs albinas. E agora partiram para aperfeiçoá-la: vão fazer com que qualquer corpo estranho que apareça dentro da rã se acenda. Um tumor, por exemplo.

Já no Marrocos, também nesta semana, os cientistas da Universidade de Rabat conseguiram com que um pato nascesse no ovo de uma galinha. Se isso lhe parece meio mixo (afinal, no mesmo dia, em Recife, uma avó deu à luz seus próprios netos, lembra-se?), saiba que a proeza marroquina é considerada mais importante, pelo fato de os palmípedes e os galináceos constituírem famílias diferentes.

Por coincidência, é o que se está discutindo em Brasília nos últimos dias: um político gerado num ovo destinado a palmípedes pode se baldear no meio do mandato para o terreiro dos galináceos, por ver neste mais oportunidades para ciscar? Em princípio, não. Mas e se o eleitor só quiser saber do pinto ou do pato, e não do ovo de onde ele saiu?

Essas mudanças nunca são de graça. Assim, sugiro convocar os japoneses para cruzar nossos políticos com as rãs albinas e, com isso, criar políticos transparentes. Quando um deles recebesse um corpo estranho – uma propina, por exemplo –, esse corpo se acenderia. Como um tumor.

O RABO DOS OUTROS [8.10.2007]

Há meses, num papo com um agente de viagens em Brasília, ele me disse que, quando vem ao Rio – a trabalho, claro –, seus únicos trajetos são do Galeão até o escritório de sua empresa, no Centro da cidade, e de volta para o aeroporto, poucas horas depois. Tem medo da violência.

Pensei comigo: estamos mal. Se um agente de viagens, supostamente conhecedor de cecas e mecas, não dá a uma cidade o benefício da dúvida, que chances têm seus clientes de receber informações corretas?

Eu não exigiria que, no Rio, ele subisse ao morro dos Macacos ou fosse comprar retrozes em Vigário Geral. Mas poderia se aventurar, digamos, da Gamboa, a velha zona portuária que está prestes a se transformar numa nova Lapa, até o Leblon, no extremo sul da orla marítima. Duas coisas o surpreenderiam: 1) os restaurantes, botequins, gafieiras, praias, pontos históricos e cartões postais ao vivo, duros de gente em qualquer dia ou noite da semana; 2) inexplicavelmente, ninguém com medo.

O mundo está encolhendo para pessoas como este meu conhecido. Sua percepção da violência é tão grave e aguda que em breve ele não terá mais aonde ir. Se quase não vem ao Rio porque tem medo, tampouco poderá ir a São Paulo, que, segundo dados recentes da ONU, foi responsável por 1% dos homicídios em todo o mundo em 2006. E não poderá ir a Recife ou Vitória, onde as taxas de violência são também altíssimas. Só lhe restará trancar-se em casa em Brasília.

Mas não por muito tempo. O Distrito Federal já está cercado por seis das cidades mais violentas do país – Luziânia, Águas Lindas, Recanto das Emas, Planaltina, Santa Maria e Valparaíso – e teme-se que, pela bala e pela droga, a capital também não demore a ingressar no faroeste. Está ficando difícil falar do rabo dos outros.

MAIORAIS

[13.10.2007]

Bom da cabeça, mas meio lerdo do pé, o Instituto do Patrimônio Histórico e Artístico Nacional reconheceu o samba carioca como "patrimônio cultural imaterial do Brasil". Antes dele, o frevo e o jongo já tinham merecido essa homenagem, e o samba de roda da Bahia, indicado pelo Iphan, foi reconhecido pela Unesco como "obra-prima do patrimônio oral e imaterial da humanidade".

Um dos motivos para o tombamento do samba é o seu papel como fator de identidade nacional: nenhum outro ritmo brasileiro foi praticado em tal escala e por tanto tempo – desde 1917, com o sucesso do samba-maxixe "Pelo Telefone". Nesses 90 anos, o samba esteve por cima, esteve por baixo e, agora, começa a ficar por cima de novo. O Brasil respira melhor quando ele é a corrente principal da sua música popular.

Estranha nesse reconhecimento que tenham sido destacadas três de suas formas: o partido alto, o samba de terreiro e o samba-enredo. As outras 27 não contam? Que fim levaram o samba rasgado, o samba de Carnaval, o samba-choro, o samba-canção, o samba de breque, o samba-exaltação, o samba-*boogie*, o samba de gafieira, a bossa nova, o sambalanço, o samba-*jazz* etc., apenas entre as variantes criadas no Rio?

Como se Sinhô, Ary Barroso, Noel Rosa, Luiz Peixoto, Ismael Silva, Bide, Marçal, Custodio Mesquita, Wilson Batista, Ataulpho Alves, Assis Valente, Alcyr Pires Vermelho, Synval Silva, Roberto Martins, Bororó, Benedito Lacerda, J. Cascata, Vadico, Vicente Paiva, Pedro Caetano, Walfrido Silva, Gadé, Herivelto Martins, Dorival Caymmi, Antonio Almeida, Denis Brean, Janet de Almeida, Haroldo Barbosa, Geraldo Pereira, Claudionor Cruz, Antonio Maria, Luiz Reis, Billy Blanco e Tom Jobim, para ficarmos só com alguns compositores pré-1960, não fossem sambistas, e dos maiorais.

BESOUROS PREMIADOS

[15.10.2007]

Há dias, no aeroporto de Amsterdã, a polícia holandesa descobriu uma carga com cem besouros recheados com cocaína num vôo originário de Lima, no Peru. Cada besouro continha cocaína no valor de US$ 11 mil. Depois de "malhada" com pó de mármore, aspirina, bicarbonato ou farinha, a droga valeria dez vezes mais nos subterrâneos da cidade.

Ué! Mas a Holanda não é um exemplo a ser seguido quando se trata de liberar as drogas? Com que, então, em Amsterdã, nem os besouros escapam de levar uma geral e, se premiados, são apreendidos como se transportassem uma droga ilegal? E por que alguém se daria ao trabalho de contrabandear cocaína em besouros se se pode comprar drogas legalmente por lá e, por isso, não existe tráfico?

Porque, ao contrário do que se pensa – e o *lobby* brasileiro pró-legalização nem sempre se lembra de esclarecer –, não apenas a cocaína, mas a heroína, o ácido, as anfetaminas e outras drogas continuam ilegais na Holanda. É crime comprar, vender e portar essas substâncias, assim como rechear besouros inocentes com elas. Liberados são o haxixe, o *skunk*, a maconha e os cogumelos, mas só para maiores de 18 anos, em cafeterias longe de escolas, e há um limite de quantidade para cada comprador.

Isso não impede que muitos emburaquem em toda espécie de droga, obrigando o Estado a se encarregar dos casos mais brabos de dependência. Se hoje quase não se vêem jovens abestados no meio-fio e com uma seringa pendente do braço, abundantes nos anos 80, é porque a Holanda cuida de sua saúde pública.

Esta é a diferença. A Holanda é séria, rica e incorrupta. É também menor que a ilha de Marajó. A própria Amsterdã é pouco maior que a linda Jijoca de Jericoacoara, no Ceará. E quer saber? Cabem três Amsterdãs em Pindamonhangaba. Simples assim.

IG NOBELS E IGNÓBEIS

[17.10.2007]

Todo ano, na época da distribuição do Prêmio Nobel, fico atento às folhas à espera da matéria sobre os ganhadores do Prêmio Ig Nobel, uma criação da revista científica de humor *Anals of Improbable Research* destinada a premiar pesquisas de duvidosa necessidade para o progresso da ciência. Os contemplados recebem os diplomas das mãos de vencedores do Nobel oficial, numa cerimônia na Universidade Harvard, e lêem seus trabalhos no auditório do Massachussetts Institute of Technology, sujeitando-se a uma chuva de aviõezinhos de papel.

Entre os campeões de 2007, meu favorito é o pessoal da Universidade de Barcelona, que levou o Ig Nobel de Lingüística ao demonstrar que "os ratos nem sempre diferenciam pessoas falando japonês ou holandês de trás para frente". Páreo duro com a equipe do Laboratório Wright, da Força Aérea americana, vencedora do Ig Nobel da Paz pelo desenvolvimento de uma espécie de "bomba *gay*" capaz de fazer com que "soldados inimigos [num front de guerra] se sintam sexualmente atraídos entre si".

Às vezes, o prêmio é dividido entre equipes que se envolveram na mesma pesquisa, uma sem saber da outra. Vide o grupo da Universidade de Santiago, no Chile, e o da própria Harvard, que venceram o Ig Nobel de Física ao determinar "por que os lençóis amassam".

O que me fascina é que esses pesquisadores acreditam sinceramente estar prestando um serviço à humanidade. Ao se verem ridicularizados, levam na esportiva e vão receber o prêmio e as gaivotas de papel. Não é cinismo, mas humor ou humildade. Bem diferente das internas da política e da economia brasileiras, em que as medidas mais oportunistas geram crises e disputas como se de importância vital para a nação, e não apenas para o seu próprio círculo, este, sim, ignóbil.

[22.10.2007] RONCOS

Não se sabe como eles chegam a esses números, mas calcula-se que haja no Brasil 6 milhões de pessoas que roncam consistentemente. Ou seja, todas as noites e a noite toda. Seis milhões de pessoas são a população do Rio. Pois imagine toda a população do Rio roncando em uníssono. Do Guaporé para baixo, incluindo a Serra do Roncador, ninguém no país conseguiria dormir.

Por sorte, esses 6 milhões de roncadores estão distribuídos entre os 180 milhões e quebrados da população. Dá a média de um cidadão roncando para 30 que não sofrem do problema, mas que podem estar ao alcance sonoro do roncador.

O ronco parece ser uma conseqüência do estreitamento das vias aéreas do indivíduo, provocado por fatores como excesso de álcool e sedativos, dormir de barriga para cima e outros. A ciência ainda não descobriu uma cura efetiva. Enquanto isso, as vítimas dos roncadores continuam a apelar para métodos pouco científicos, como chutes na canela ou cutiladas com o cotovelo nas costelas de seus algozes.

Segundo o noticiário, um professor de ciência da computação da Universidade de Rostock, na Alemanha, acaba de inventar um paliativo: o travesseiro computadorizado. Trata-se de um travesseiro feito de compartimentos inflados com maior ou menor pressão, ligado a um computador que se coloca na mesinha de cabeceira.

O computador "ouve" o ronco e o analisa em comparação com outros ruídos de seu banco de roncos. Define a intensidade das vibrações e, de acordo com o resultado, enche ou esvazia certos compartimentos do travesseiro, movendo com isso a cabeça e o pescoço do roncador, até achar a posição ideal de não-ronco. Se, depois disso, o cônjuge não parar de roncar, sempre se pode apelar para o chute na canela ou a cutilada nas costelas.

PELA MARIA DA PENHA

[24.10.2007]

Um juiz de Sete Lagoas, MG, freqüentou o noticiário esta semana por declarar "inconstitucional" a Lei Maria da Penha, que protege a mulher contra as agressões do marido ou companheiro. Segundo o juiz, a lei é absurda porque transforma o homem num "tolo", num subjugado "sem autoridade". Diz também o juiz que a desgraça humana começou no Éden, quando Eva tentou Adão. E acrescenta, com todas as exclamações: "O mundo é masculino! A idéia que temos de Deus é masculina! Jesus era homem!"

Peço vênia para discordar. Para mim, o episódio da maçã marcou muito mais a possibilidade de redenção do homem que de sua maldição. Pelo menos, deu um sentido à sua vida: pecar. E não entendo a empolgação do magistrado pelo gênero masculino. Ao contrário, acho que o homem só faz o que faz – constrói submarinos, promove guerras, levanta cidades, pinta capelas, compõe baiões ou escreve *Memórias de um Sargento de Milícias* – para se compensar pelo fato de não ter ovários. Sem falar em que, segundo Freud, a maioria dos homens só faz tudo isso para impressionar as mulheres.

A ojeriza do ilustre juiz denota também um certo desprezo pela condição intelectual da mulher. Nesse ponto, ele pode não estar sozinho. Uma avaliação da inteligência na escala animal, feita há tempos pela OMS (Organização Mundial de Saúde), deu o homem em 1º, o chimpanzé em 2º e, creio, o gato em 3º.

Baseando-me em meio século de observação empírica, sou mais pela mulher em 1º, o gato em 2º e o chimpanzé em 3º. O homem emplacaria, se tanto, um 6º lugar, depois do pernilongo e do papagaio.

Já me convenci, inclusive, de que o homem é só um instrumento usado pelas mulheres para produzir mais mulheres. Pai de duas filhas, não tenho nada contra e achei ótimo ser um elo nessa cadeia de produção.

A VOZ DO MORRO

[27.10.2007]

Numa semana em que os morros cariocas estiveram no centro dos acontecimentos, convenci-me de que não adianta apelar para a música popular para tentar entendê-los. Poucos cenários foram tão cantados e nenhum tornou mais superados os grandes sambas e canções que se fizeram a seu respeito.

Por exemplo, "Chão de Estrelas", de Sylvio Caldas e Orestes Barbosa. A idéia de que "a porta do barraco era sem trinco/ e a Lua, furando o nosso zinco/ salpicava de estrelas nosso chão" podia ser bonita em 1937. Hoje a Lua não conseguiria furar a laje do barraco, porque este seria um prédio com cinco andares, de propriedade de um tubarão e alugado de alto a baixo.

E a linda "Ave-Maria no Morro", 1943, de Herivelto Martins? Com a tomada do poder na favela pelos evangélicos, dividindo-o com os traficantes, ficou difícil de acreditar que, hoje, "o morro inteiro/ no fim do dia/ reza uma prece/ Ave Maria". Mais fácil é imaginar um pastor diante de uma congregação apinhada, enxotando o demônio de um membro possuído, aos brados, como se Deus fosse surdo.

Zé Kéti, no samba "Acender as Velas", de 1965, descreve a morte de uma criança na favela e observa que "no morro/ não tem automóvel pra subir/ nem telefone pra chamar". Se fosse só por isto, hoje a criança não morreria. O que não falta é automóvel subindo o morro para fins nada nobres, e o número de celulares em qualquer favela carioca compete com o do Leblon.

E, em "Opinião", de 1964, o mesmo Zé Kéti dizia: "Podem me bater/ Podem me prender/ Podem até deixar-me sem comer/ Que eu não mudo de opinião/ Daqui do morro eu não saio, não". Grande samba, mas o querido Zé, que não era bobo, já não morava no morro. Pouco depois, aliás, fui seu vizinho no lendário Solar da Fossa, em Botafogo.

O SOL NAS BANCAS DE REVISTA

[3.11.2007]

Foi por aí, outubro ou novembro de 1967. No rádio, Caetano Veloso cantava que "o sol nas bancas de revista" o enchia de alegria e preguiça. Mas, para uma plêiade de meninos no Rio, aquele verso de "Alegria, Alegria" se ouvia como "*O Sol* nas bancas de revista", referindo-se ao jornal que Reynaldo Jardim acabara de lançar.

E por que não? *O Sol* estava nas bancas. A continuação do verso "me enche de alegria e preguiça" era "quem lê tanta notícia?". E a namorada de Caetano, Dedé, era "foca" da reportagem do jornal. Claro que o sol citado em "Alegria, Alegria" só podia ser o próprio, e não o outro, por sinal um astro de 5ª categoria.

O Sol era um fascinante jornal-escola, feito por estagiários chefiados por pesos-pesados como Carlos Heitor Cony, Ana Arruda, Otto Maria Carpeaux, Zuenir Ventura, Martha Alencar e o próprio Reynaldo. E os colaboradores? Nelson Rodrigues, Chico Buarque, Ziraldo, Henfil, e até eu, que também tinha idade para ser estagiário. Inevitavelmente, durou pouco, quatro ou cinco meses. Mas todos que passaram por ele tornar-se-iam "nomes": Daniel Azulay, Rosiska Darcy, Nelson Hoineff, Luiz Carlos Sá, Tetê de Moraes, muitos mais.

Quarenta anos depois, Tetê, ex-diagramadora do jornal, reviveu *O Sol* num belo documentário. O DVD, cheio de extras, acaba de sair. E uma das atrações é a entrevista com Caetano. Afinal, era ao sol ou ao *Sol* que ele se referia em "Alegria, Alegria"?

Caetano foi delicado em insistir que não se lembrava. Mas as datas estão aí. Quando "Alegria, Alegria" foi lançada, no Festival da Record daquele ano, a 14 de outubro, *O Sol* já estava nas bancas desde 21 de setembro. Só que a data final de inscrição das canções fora 26 de julho e, nesse dia, *O Sol* era no máximo um lampejo nos olhos azuis de Reynaldo. A citação seria ilustre, mas *O Sol* não precisa dela.

RUMOR DE FACAS [7.11.2007]

Os jornais britânicos acham que a violência será um dos grandes obstáculos à realização da Copa do Mundo de 2014 no Brasil. Nossos jornais também. Com sete anos de antecedência, eles já estão em cima do problema e, pelo tom dos editoriais, sem grandes esperanças de que as coisas se resolvam até lá. Talvez fosse o caso de adotarmos o modelo inglês para tentar aliviar a situação.

Somente nas ruas de Londres, há 1,2 milhão de câmeras de televisão de circuito fechado penduradas em postes e marquises. Como são 7,5 milhões de habitantes na cidade, temos uma câmera para seis habitantes. Isso não inclui as câmeras em elevadores, portarias, *shoppings*, bancos, estádios, *pubs*, casas de apostas e, talvez, até dentro dos táxis. É a cidade mais vigiada do mundo. Os londrinos sabem que, não importa onde e o que estejam fazendo, há um olho à espreita. Os indianos, negros, árabes, asiáticos e jovens em geral sabem melhor ainda.

Isso não impede que, segundo a polícia, 52 adolescentes por semana sejam vítimas de crimes com facas, e que os assassinatos por arma branca em Londres sejam três vezes maiores que os por arma de fogo. As lojas vendem coletes à prova de faca e os clientes são pais temerosos de que seus filhos de 10 a 16 anos sejam atacados a caminho da escola. Mas 42% dos infratores são outros garotos dessa idade.

A Scotland Yard calcula que, além desses delinqüentes amadores, haja 175 gangues juvenis atuando neste momento em Londres – *Laranja Mecânica* perde. E elas não se passam por facas ou canivetes. Corre um florescente comércio de armas de fogo oriundas de contrabando, financiado pelo tráfico de drogas. Em certos bairros, como Brixton, no sul de Londres, a polícia pensa antes de entrar – e não entra.

Não olhe agora, mas estou preocupado com a Copa de 2018 na Inglaterra.

LIBERDADE DE EXPRESSÃO

[12.11.2007]

Peanuts, de Charles Schulz, foi a primeira tira explicitamente "cabeça" dos quadrinhos. Não por acaso, seus personagens – Charlie Brown, Lucy, Linus, Schroeder – têm uma cabeça enorme e problemas que nunca passariam pela de Bolinha e Luluzinha. O próprio cão Snoopy está para Pluto, de Walt Disney, como Albert Camus estaria para o querido Obina, do Flamengo.

Todo mundo em *Peanuts* é depressivo, ansioso, frustrado, cheio de melindres, cruel ou apenas inseguro. Essas características eram um reflexo do próprio Schulz, um cartunista que expressou os sentimentos de milhões nos anos 60 e 70, ficou multimilionário com isso e – sabe-se agora – continuou depressivo, ansioso, frustrado, cheio de melindres etc.

É o que se lê em sua biografia, *Schulz and Peanuts*, pelo respeitado David Michaelis, recém-lançada nos EUA. Michaelis teve todo o apoio da família Schulz. Os filhos do cartunista lhe abriram seus arquivos, gavetas e memórias. Publicado o livro, eles o detestaram.

"Estamos decepcionados", disse Monte Schulz, o filho mais velho. "Não reconhecemos nosso pai [no livro]. Ele não era melancólico, angustiado, frio ou rancoroso como David o descreveu. Para que seu personagem fizesse sentido, David omitiu histórias que o mostravam como um pai alegre, carinhoso e participante." Mas Michaelis se defende: "Este foi o Schulz que encontrei".

Notar que Monte chama o biógrafo de "David", não de "sr. Michaelis" ou de "aquele cretino". Disse também que não lhe passa pela cabeça processar o escritor: "David tem o direito, garantido pela Constituição, de escrever o que quiser". Acredite ou não, a Constituição dos EUA é assim: contém um artigo que garante a liberdade de expressão, sem dar margem a ambigüidades, e revoga as disposições em contrário.

PRAZERES FATAIS

[14.11.2007]

Bem que o tráfico carioca dizia: o *crack* é mau negócio. É barato, pega o sujeito de saída e mata rapidinho. É droga de pé-de-chinelo – uma pedra custa R$ 5, o efeito passa num instante e o fulano logo precisa fumar outra. Se alguém na boca começa a usar, arrebenta com o esquema. Além disso, "suja" a vizinhança: no desespero por mais uma pedra, o usuário achaca quem puder, inclusive parentes e amigos. Donde, se o Rio passou a década de 90 sem *crack*, não foi porque a lei reprimiu, mas porque o traficante não quis. Nem precisava, com a cocaína garantindo a féria.

Mas a pressão de grupos de fora, que, dizem, tinham um importante crédito com o carioca, impôs o *crack* no Rio há três anos. Os resultados já estão à vista: pelo volume de apreensões, pode-se imaginar o consumo. Não demora a ser o principal artigo nas "comunidades", desbancando a cocaína, mais lucrativa, estável e "adulta". No *crack*, pode haver menores de dez anos fumando e vendendo.

Se a cocaína está perdendo mercado no morro, sua queda no asfalto é ainda mais acentuada. Em seu lugar, para os meninos de classe média para cima, é a vez do *ecstasy*. É o principal combustível das festas *rave*, como indispensável complemento àquela "música" que, provavelmente, seria intolerável sem ele.

Comparado ao *crack*, que corrompe tudo à sua volta, o *ecstasy* é quase "limpo". É uma droga sintética, um comprimido, fácil de esconder, de transportar ou de engolir, e sua compra e venda se dá entre iguais. São outras pessoas de classe média que a fornecem, dispensando ao boa-roupa a subida do morro, o contato com a metralha e os riscos inerentes. O efeito também é diferente: pode durar horas. Só o fim é inevitavelmente igual – em pouco tempo, dependência, miséria, solidão, loucura e morte.

[17.11.2007] SALVAÇÃO DE ADRIANO

O centro-avante Adriano, ex-Flamengo, ex-Seleção brasileira e, se não se cuidar, ex-Internazionale de Milão e ex-jogador de futebol, vem ao Brasil para se tratar, aparentemente numa clínica para dependentes químicos. É a coisa certa a fazer. Desde o começo, as pessoas relutam em tratar de seu caso pelo único nome que lhe cabe: alcoolismo.

Fosse Adriano cardíaco, diabético ou vítima de anomalia do vago simpático, sua condição já teria sido descrita por inúmeros médicos, e o jogador encaminhado a tratamento por seu clube ou pela CBF. Mas o alcoolismo traz um estigma difícil de encarar: classificar alguém de alcoólatra é quase como chamá-lo de safado ou sem-vergonha. Para "limpar" esse estigma é preciso descobrir um "problema" que explique e justifique o fato de o sujeito beber.

No caso de Adriano, as explicações são várias. Numa delas, ele "pensava demais" nos seus problemas e tinha de "beber para dormir". Em outra, a causa era "a morte do pai". Em mais outra, bebera porque era "dia de seu aniversário". E, claro, bebia também porque fora "barrado pelo treinador do Inter".

Os especialistas em dependência sabem que isso é cascata. Todos os problemas que o dependente aponta como "causas" são, na verdade, conseqüências – ou pretextos para beber mais. Ninguém bebe porque tem problemas, mas tem problemas porque bebe. O mundo tem 100% de gente com problemas, mas os alcoólatras são só 15% – os que têm capacidade física para ingerir muito álcool.

Não conheço Adriano, exceto como jogador, mas sei que não é um safado ou um sem-vergonha. É apenas um homem doente. Sua única saída é quebrar o círculo vicioso, parar de beber e continuar sóbrio. Se fizer isso, voltará a ser grande e a fazer gols. Mas não poderá comemorá-los com champanha.

O SIM E O NÃO

[19.11.2007]

A jovem sai de casa em São Paulo usando cabelo verde e com um alfinete de fralda espetado na bochecha. Horas depois, junta-se a um grupo que, diante de testemunhas, esfaqueia até a morte o empregado de uma lanchonete por causa de um pedaço de *pizza*. A moça vai presa e, ao saber disso, sua mãe tem um espanto: "É impossível! Fulaninha só sai uma vez por semana, com as amiguinhas!"

Em Itaboraí, RJ, uma festa *rave* com a duração de 17 horas provoca a internação hospitalar de 18 garotos e duas mortes, uma delas por típica *overdose* de *ecstasy*: hipertermia – a pessoa literalmente ferve por dentro –, desidratação aguda e parada cardiorrespiratória. Os pais do menino morto não sabiam que ele fora à festa.

No Rio, a polícia desbarata uma quadrilha de oito traficantes de *ecstasy*. Todos, exceto um, de classe média, habitantes da zona Sul, entre 20 e 30 anos e ainda morando com os pais. Mas, pelo visto, a vigilância dos velhos andava relaxada, a ponto de um deles não estranhar que o filho passasse o dia falando em três celulares ao mesmo tempo.

Estes foram apenas alguns casos policiais graves envolvendo jovens nas últimas semanas, e só no eixo Rio-São Paulo. Em todos, os pais manifestaram grande surpresa pelo comportamento dos garotos. Alguma coisa aí está errada. Esses pais dão casa, comida e roupa lavada a seus filhos até uma idade tardia, mas talvez isto não seja suficiente.

Talvez fosse também o caso de eles aprenderem a dizer "não" quando for o caso, ao contrário do "sim" amplo, geral e irrestrito com que contemplam os filhos desde o berço – ou desde que se tornou "incorreto" acreditar que a liberdade só dá frutos quando exercida dentro de certos limites. Um destes, quadradamente, o daquela velha e esquecida prova de amor: a autoridade paterna.

MORTOS SEM REGISTRO [21.11.2007]

Os pesquisadores do futuro, ao estudar a guerra do tráfico em nossas cidades, ficarão zonzos. Pelo volume de material nos arquivos, poderão jurar que, em meio aos confrontos armados e chacinas, passávamos o dia driblando as balas nas ruas. E talvez não entendam que havia grandes diferenças entre um confronto armado e uma chacina. Eis algumas.

Os confrontos armados costumam se dar no morro. As chacinas, na periferia. Num confronto armado, tanto a polícia quanto os bandidos estão sujeitos a matar ou a morrer. Na chacina, só os bandidos morrem, desarmados e indefesos – ou não seria uma chacina. Além disso, no confronto armado sabe-se quem mata. É a polícia. Na chacina, não se sabe.

Nos confrontos armados, é comum haver balas perdidas que atingem inocentes e causam grande dor. Na chacina, não há balas perdidas. Todas têm endereço certo: na cabeça, no tórax ou pelas costas dos chacinados – a economia de munição é notável.

Outra diferença é que o confronto armado é público. A imprensa é avisada de que a polícia vai subir tal morro e, corajosamente, sobe atrás, com suas câmeras e canetas. Os bandidos também são avisados. O resultado pode ser visto pouco depois ou ao vivo, nos telejornais, com tiroteio em estéreo e *dolby*. Já a chacina, considerada profilática, é um negócio particular, sem testemunhas. Você só fica sabendo bem depois que aconteceu. Quando fica.

Sim, porque, para cada chacina que vem a público, há pelo menos outra tão discreta que ninguém fica sabendo e cujas vítimas nunca são encontradas. Este ano, até sábado último, tivemos, segundo a *Folha*, 25 chacinas em São Paulo, com 99 mortos. Este é o número oficial. Mas o 100º sorteado nesta profilaxia há muito que já pegou o boné, sem pijama de madeira ou nome no jornal.

[24.11.2007] OUTRO DIA, HÁ 40 ANOS

Era novembro de 1967, uma segunda-feira. Na quinta-feira daquela semana, Guimarães Rosa tomaria posse na Academia Brasileira de Letras. Justino Martins, editor da *Manchete*, chamou o quase foca, que era eu, e me mandou entrevistar o escritor. Alguém me passou um número. Telefonei e Rosa, em pessoa, atendeu.

Apresentei-me e disse o que queria: uma entrevista "definitiva", um pingue-pongue em profundidade, uma conversa de horas ou, quem sabe, dias. Na onipotência dos 19 anos, eu me julgava à altura – meses antes, ganhara um prêmio literário patrocinado pela Esso com um pernóstico ensaio sobre ele. E, delirante, já me via em seu apartamento no Posto 6, entre livros e gatos, com Rosa me explicando a gênese do vaqueiro Riobaldo.

Mas Rosa me despertou: a posse na Academia estava às portas e ele ainda não terminara de escrever seu discurso. Gentilíssimo, pedia desculpas, mas não podia atender ninguém. Insisti, ele ficou firme e sugeriu que eu procurasse sua filha Vilma, no Leme: "Ela sabe tudo sobre mim". Instou-me a ir à posse – que dúvida! – e me prometeu uma cópia autografada do discurso.

Assim, nos dias seguintes, fiquei sabendo tudo de Rosa pelos olhos de Vilma. Fui à posse e, por acaso, me vi postado ao lado do púlpito de onde Rosa, emocionado, lia seus papéis. Findo o ato, ele saiu cumprimentando todo mundo, sem enxergar ninguém. Quando me apertou a mão pela segunda vez, falei-lhe da cópia autografada, mas ele nem me ouviu.

Tudo bem. Das conversas com Vilma, eu iria compor um retrato íntimo de seu pai. Mas Rosa, coração castigado pela cerimônia, sofreu um infarto fatal três dias depois, no domingo. Justino cancelou meu perfil e pediu a R. Magalhães Junior, redator da revista e amigo de Rosa, uma impressão mais pessoal. Achei justo. Mas, pelo menos, saí na foto da posse.

200 CHIBATADAS

[28.11.2007]

Em Qatif, Arábia Saudita, na semana passada, uma jovem de 18 anos foi condenada a seis meses de prisão e 200 chibatadas por ter sido estuprada por sete homens. Você não leu errado. Para o tribunal saudita, a culpa foi da própria moça, por ter ido se encontrar num *shopping* com um homem "que não era seu parente".

Para nossa sensibilidade ocidental, uma história dessas remete a ritos medievais e inaceitáveis. Mas a desdita da garota de Qatif podia ser pior. E se ela tivesse de cumprir seus seis meses de prisão numa cela brasileira?

A sina da menor L., de 15 anos, presa durante 26 dias numa cela em Abaetetuba, 130 km de Belém, junto de 30 homens que a estupravam, provocou reações internacionais piores do que a da garota saudita – pela dimensão da barbárie, ainda maior, e porque a Justiça brasileira, a quem cabia zelar pela integridade de uma adolescente sem culpa formada, fracassou miseravelmente.

Sem falar nos agravantes cruéis. Primeiro, L. foi jogada àqueles homens pela ação de uma delegada. A Justiça paraense levou 15 dias para descobrir que a menina estava na cela, mas a juíza a quem se informou do caso não tomou medidas efetivas para tirá-la dali. Com a história definitivamente à tona, a governadora do Estado admitiu saber que aquele não era o primeiro caso do gênero no Pará – embora, pelo visto, ainda não tivesse tomado providências para impedi-los de acontecer. Por sua vez, a titular de uma teórica Secretaria Especial de Políticas para as Mulheres, com *status* de ministra, confessou que não sabia da existência desse problema em carceragens pelo país.

Poderiam ser homens os protagonistas dessa insensibilidade tão brasileira – geralmente são – e seria tão grave quanto. Só faltam agora condenar L. a 200 chibatadas.

HORROR VIA IPOD

[3.12.2007]

Há alguns meses, um homem de 80 anos sofreu um grave derrame hemorrágico, com complicações respiratórias. Desde então, entrou e saiu de coma, mas continua internado num hospital de sua cidade, a mil km do Rio, imóvel, sem fala, entubado e, quase sempre, inconsciente. Outro dia, reagindo a um estímulo, conseguiu piscar uma pálpebra, para mostrar aos filhos e netos que ainda havia esperança.

Os netos, sabendo de seu amor pela música, acoplaram-lhe aos ouvidos um iPod com dezenas de horas de música, na expectativa de que seu cérebro se sentisse estimulado e voltasse a comandar o corpo. Não sei se está dando resultado.

O que sei é que, tendo nascido na década de 1920, esse homem deve ser fã de Orlando Silva, Dircinha Batista, Lucio Alves ou, quem sabe, Bing Crosby, Benny Goodman, Ella Fitzgerald. Terão sido as gravações desses astros de sua juventude que eles puseram no iPod? Ou, quem sabe, os netos se guiaram pelo próprio gosto e estão submetendo-o a Britney Spears, Skank ou Detonautas? Para mim, ambas as hipóteses são igualmente sinônimo de tortura.

Eu me pergunto se mesmo a melhor música do mundo, ou aquela com que a pessoa mais se identifica, é agradável de se ouvir sem parar, pela eternidade, e mais ainda quando o sujeito está incapacitado de se desplugar ou de manifestar de alguma forma que gostaria de passar o resto de seus dias em silêncio. Como descrever o martírio mudo de quem está sendo invadido por sons que não pediu para escutar e que, para ele, podem ter se convertido em horror?

Um amigo me escreveu, maravilhado, contando que ganhou "um HD externo de 500 gigas de memória, contendo 48 mil músicas". Achei graça e dei-lhe os parabéns. Mas ninguém se atreva a me presentear com tal monstruosidade.

[8.12.2007] KRYPTON VAI EXPLODIR

Qualquer criança de peito sabe como surgiu o Super-Homem, mas não custa relembrar. Krypton, um planeta para lá de Bagdá no sistema solar, começou de repente a esquentar. Um cientista, Jor-El, tentou alertar seus pares para o risco de uma iminente explosão. Mas os sábios, tolos e soberbos, não o escutaram.

Então Jor-El construiu um foguete onde depositou seu filho recém-nascido, Kal-El, e mandou-o para o espaço, para que se salvasse e reconstruísse a avançada civilização de Krypton em outro lugar. Como Kal-El iria fazer isto sem uma parceira e por que Jor-El escolheu logo a Terra, é matéria para os entendidos. O fato é que, enquanto Krypton explodia lá atrás, o foguete com Kal-El viajou de mansinho rumo à Terra, e o resto é história.

A saga do Super-Homem foi criada por dois jovens, Jerry Siegel e Joe Shuster, em 1938. Na época, havia fumaça de guerra na Europa, mas ninguém diria que o mundo estava em perigo de acabar. Setenta anos depois, e sem nenhuma guerra mundial à vista, a Terra pode acabar como Krypton – não com uma explosão, mas como um ovo que, estalado em água fervente para ficar pochê, passou, e muito, do ponto.

Com o aquecimento global, as geleiras vão derreter, encher os mares e inundar as cidades. Estas, por sua vez, conhecerão temperaturas insuportáveis, assim como o campo, cujas terras férteis se tornarão desérticas. Espécies animais e vegetais se extinguirão. Prevêem-se incêndios terríveis. A fome sobrevirá e, com ela, doenças como a malária e a febre amarela atingirão a Europa. O Primeiro Mundo será rebaixado a Terceiro e o Terceiro, a Quinto. E isso é para daqui a pouco, quase já.

Falta-nos um Jor-El para mandar um bebê para o espaço, a fim de reconstruir a Terra em outro lugar. Pensando bem, é melhor que falte mesmo.

ESCREVENDO COM CHUMBO

[12.12.2007]

Na quarta-feira passada, em Omaha, Nebraska, EUA, o garoto Robert Hawkins, 18 anos, com problemas na família, na escola e na polícia, foi despedido do McDonald's onde trabalhava, acusado de furtar US$ 17, e ainda levou um chute da namorada. Em meio a seu inferno íntimo, escreveu um bilhete: "Sei que sou um merda. Mas, agora, vou ficar famoso". Pegou seu fuzil, entrou num *shopping*, matou oito pessoas e se matou.

Robert ficou famoso – por três dias. No sábado e no domingo seguintes, não um, mas dois atiradores isolados, ambos no Estado do Colorado, também abriram fogo contra inocentes, abatendo um total de quatro pessoas e ferindo outras tantas. Roubaram o *show* de Robert.

Pode-se dizer que o garoto de Nebraska, sozinho, matou o dobro que os dois juntos e, por isso, deveria ficar por mais tempo no noticiário. Que nada. A essa altura, já quase ninguém se lembra de seu nome. Até o fim do ano, terá sido reduzido a um número, e seu atentado não passará de uma estatística na violência americana. Os dois atiradores que o sucederam terão o mesmo destino. Só as vítimas continuarão a ser lembradas, e com que dor.

Quero crer que a motivação principal de Robert não era a de "ficar famoso" – e, se fosse, ele seria só mais uma vítima dessa cretina cultura de celebridade que nos assola. Prefiro achar que, como a maioria dos jovens que disparam contra grupos e depois se matam, ele queria apenas se expressar.

Fosse no século 19, um menino como Robert se alistaria na Legião Estrangeira ou escreveria poesia e morreria tuberculoso. Em meados do século 20, ele iria para a luta armada ou se tornaria um crítico estruturalista. Em nossos dias, Robert tira seu próprio fuzil do armário e grava seu testemunho com chumbo no corpo de quem não tem nada com isso.

[15.12.2007] GATOS QUE BRILHAM

Segundo o noticiário, cientistas sul-coreanos clonaram gatos que sintetizam uma proteína fluorescente e brilham no escuro. Para os ditos cientistas, isso ajudará no tratamento de doenças que os gatos têm em comum com os humanos. A ser verdade, será mais um benefício que o homem, sem merecer, ficará devendo aos gatos.

Resta ver se é verdade. Em 2006, circulou na internet a informação de que uma turma do Massachussetts Institute of Technology, nos EUA, estava produzindo bonsai de gato. Como? Criando filhotes em potes de maionese para controlar seu crescimento. A simples idéia era indigna, absurda e cruel, mas, se vinha do respeitado MIT, tinha de ser verdade, não? E havia as fotos para provar. Por sorte, deu-se a grita internacional, e os alunos do MIT admitiram que o bonsai de gato era só um trote de mau gosto.

Agora surgem os gatos fluorescentes, com as indefectíveis fotos. Parecem reais, mas não se pode mais confiar na internet, nem na fotografia. A rigor, já não se pode confiar nem na ciência, capaz de produzir um clone de qualquer ser vivo, indistinto do artigo legítimo.

Talvez se antecipando a isso, meus amigos aqui do Rio, Cida e Bill, ao planejar uma temporada de meses numa aldeia italiana, no ano passado, resolveram levar seu vira-lata Theo. Só não se conformavam com o fato de que, enquanto eles iriam de executiva, o gatinho teria de ser despachado com as malas e viajar 14 horas no bagageiro.

Cida e Bill pensaram melhor e tomaram uma decisão. Cida reservou a outra poltrona da executiva para Theo, e Bill, magnânimo, foi se espremer na econômica. A empresa aérea aceitou a troca e Theo comportou-se muito bem. Nem reclamou do cinto. Na verdade, brilhou tanto – sem proteínas fluorescentes – que, durante o vôo, o avião inteiro foi visitá-lo em romaria.

[17.12.2007] A "LEI DE L."

Como sempre acontece, bastou vir à tona o caso da menor L., presa durante 25 dias numa cela paraense com 20 (ou 30?) homens que a espancavam e estupravam repetidamente, para que se denunciasse a ocorrência de vários casos iguais. Casos estes que não se limitam ao Pará, nem aos dias de hoje.

O choque do público diante da existência de tal barbárie é compreensível. Quem está do lado de fora do sistema carcerário brasileiro não costuma perder noites de sono imaginando o que acontece com quem está dentro. Menos compreensível terá sido a nenhuma surpresa com que as autoridades paraenses receberam a denúncia sobre L. – a própria governadora, transferindo a responsabilidade para o passado, admitiu que casos como aquele eram corriqueiros.

Mas tanto era uma história grave que houve várias tentativas de minimizá-la. A garota não seria de menor; era retardada; já teria passado por carceragens anteriores; quem sabe não seria prostituta; e não ficara presa com 30, mas com 20 homens. E daí? Nada disso apagava o fato de ser uma mulher contra 20 (ou 30) brutos, sujeita a gravidez, doenças venéreas e contaminação por HIV, para não falar do terror físico e psicológico.

É assustador pensar nos milhares de outras mulheres que já entraram e saíram dessa experiência sob total silêncio, sem que ninguém, exceto os próximos, soubesse do que lhes aconteceu. O Brasil, tão solícito para socorrer políticos e banqueiros em apuros, não tem a mesma pressa para tratar de questões que envolvam a dignidade e a justiça.

É de se esperar que do caso de L. resulte pelo menos o equivalente a uma nova Lei Maria da Penha, que protege a mulher contra a violência familiar e doméstica. A "Lei de L." protegeria a mulher contra o Estado brasileiro.

PRONTUÁRIO DO PAPAI NOEL

[19.12.2007]

Um helicóptero com um Papai Noel que levava presentes para as crianças do Complexo da Maré foi atingido por dois tiros de fuzil na tarde de domingo. Ninguém se machucou, e o bravo Papai Noel voltou de carro para distribuir os presentes. Claro que, sendo no Rio, a história foi para o noticiário com o tratamento de "nem o Papai Noel escapa da violência".

Mas, nesse caso, o problema é da época, não do Rio. Dezembro é um mês com alta incidência de Papais Noéis, mais que, digamos, fevereiro ou agosto. No Natal de 2002, por exemplo, um Papai Noel levou um tiro no peito na frente das crianças ao ser atacado por três homens armados quando distribuía doces numa favela de Colombo, na Grande Curitiba. Não que os bandidos estivessem a fim dos doces – só não queriam estranhos por ali. A notícia ficou por lá mesmo e não se sabe nem se o homem morreu.

No mês passado, três bandidos, entre os quais um Papai Noel a bordo de uma pistola semi-automática 765, entraram numa casa do Jardim Claret, em Rio Claro, SP, e agrediram a coronhadas uma senhora de 71 anos para roubar R$ 5.000. Tinham 20, 18 e 17 anos, e até há pouco ainda estavam pondo o sapatinho para Papai Noel.

E, neste fim de semana, outra história do gênero teve, pelo menos, um final feliz. Em 2001, Renata, jovem publicitária paulistana, foi atacada numa rua do Brooklin por um Papai Noel que lhe deu três tiros na boca com balas dundum – aquelas que explodem depois de disparadas. Renata não morreu, mas teve a arcada dentária destroçada. Agora, seis anos depois, completou-se o doloroso tratamento que recebeu de graça de um dentista amigo. Renata já pode sorrir. Mas como se sente ao ver um Papai Noel num *shopping*?

Mais triste que um Papai Noel vítima, só um Papai Noel como sinistro agressor.

NELSON COMO CRUSOÉ [22.12.2007]

Em 1977, mais ou menos nesta época, Nelson Rodrigues foi convidado a fazer uma tarde de autógrafos de seu novo livro, *O Reacionário*, em Florianópolis, a convite de uma livraria. Nelson tinha todos os motivos para não ir. Não gostava de sair do Rio – dizia que, quando passava do Maracanã, sentia uma "infinita nostalgia do Brasil" – e vinha de uma série de doenças e internações. Numa dessas, correra tal risco de vida que os jornais aprontaram seu obituário (o do *Globo*, ele leu depois e gostou muito).

Mas, para surpresa geral, talvez por necessidade de afago, Nelson aceitou o convite. Só que não viajava de avião. Donde teria de fazer em seu carro, um Galaxie, com motorista, os 1.200 km do percurso. Pelas dúvidas, convidou sua irmã Stella, médica, a ir junto como enfermeira.

A viagem, que podia ser feita em 15 horas com folga, levou o dobro disso porque Nelson não deixava correr. E talvez tenham pernoitado pelo caminho. No dia seguinte, chegaram a Florianópolis. Nelson passou pelo hotel para um banho e uma soneca, apresentou-se na livraria e se sentou à mesa, com uma caneta cheia de tinta e os livros que ele iria autografar. Ficou duas horas ali, esperando pelos leitores. Sabe quantos apareceram? Nenhum. Ninguém. Zero. Ele nunca estivera tão por baixo.

No dia seguinte, pegaram a estrada em sentido contrário, e o que me comove nessa história não é a cena que a própria livreira me descreveu, com Nelson abandonado, sentindo-se tão só quanto "um Robinson Crusoé sem radinho de pilha". O que me esmaga é imaginar a viagem de volta ao Rio, com o sentimento de rejeição pesando em cada metro dos 1.200 km.

Isso foi há 30 anos. Três anos depois, ele morreu. Ontem fez 27 anos de sua morte. Desde então, o Brasil custou, mas aprendeu a amar Nelson Rodrigues.

NOTÍCIAS DO DIA 24

[26.12.2007]

Como todo mundo de imprensa na minha geração, peguei o tempo em que nenhum jornal saía nos dias 25 de dezembro e 1º de janeiro. A idéia era a de que os jornalistas precisavam descansar, e os leitores, também.

O que não quer dizer que os fatos não continuassem acontecendo. Mas havia nas redações uma sensação de que, na véspera de Natal ou na última noite do ano, nada era importante para justificar plantões ou edições extras. No Rio, pelo menos, nenhum Papai Noel ficaria entalado na chaminé, o *réveillon* de Copacabana ainda era um privilégio de milhares, não milhões, e a única dúvida era se iria ou não dar praia no dia seguinte.

O que de bom ou ruim que rolasse no dia 24, os jornais só publicariam no dia 26. Mas, a provar que o 24 de dezembro nunca foi de todo desprezível em matéria de notícia, eis algumas amostras do que já aconteceu nele.

Nesse dia, em 1851, a Biblioteca do Congresso dos EUA, em Washington, queimou inteira (e, claro, foi integralmente refeita). Em outro 24 de dezembro, só que de 1865, quem também botou as primeiras tochas para arder foi a Ku Klux Klan, no Tennessee. E nessa mesma data, em 1888, em Arles, França, o trágico Van Gogh, num surto, pegou a navalha e tirou um bife de sua própria orelha esquerda.

Também no dia 24 de dezembro, em 1907, o pessoal da Ópera de Paris lacrou duas urnas com 24 discos de astros como Caruso, cantando de Bizet a Rossini, e guardou-as para que, abertas dali a 100 anos, em 2007, se ouvisse a "música da época". O prazo foi dado por vencido no outro dia e elas vieram à luz. Mas deu-se um senão. Não nos discos, porque o equipamento para tocá-los é fácil de providenciar. O problema está nas urnas. Foram envoltas com cintas de amianto, material altamente cancerígeno. O homem conseguiu botar a morte entre ele e a música.

BOM ERA ANTES

[29.12.2007]

Outro dia, uma querida cantora interrompeu seu *show* de bossa nova para se referir ao Rio dos anos 70 como a cidade "ainda maravilhosa", em que se podia andar "de olhos fechados". Em seguida, retomou o repertório cantando "Carta do Tom", em que Jobim dizia: "Rua Nascimento Silva, 107/ Eu saio correndo do pivete/ Tentando alcançar o elevador...". Uma canção dos anos 70.

Nessa época, já se via a década anterior, a de 60, como a dos "anos dourados", em que Ipanema, segundo Vinicius, "era só felicidade". Para o exigente Paulo Francis, no entanto, a decadência do Rio começara, olha só, em 1960. Bom era antes, até 1959, quando ele flanava por Copacabana com Antonio Maria e Ivan Lessa. Ali, sim, dizia Francis, o Rio era a Cidade Maravilhosa.

Mas, ao pesquisar material de 1955, quando morreu Carmen Miranda, li várias entrevistas de amigos de Carmen lembrando-se de que a tinham conhecido em 1930, "quando o Rio ainda era a Cidade Maravilhosa". Quer dizer que o Rio de 1955 não era mais a Cidade Maravilhosa, e sim o de 1930?

Ao recuar para 1930, vejo Di Cavalcanti, com 33 anos, queixando-se da "destruição do Rio", principalmente de Copacabana, pelos edifícios que começavam a ser construídos – justamente os palácios *art déco* que, um dia, iriam empolgar Paulo Francis. Para Di Cavalcanti, o Rio paradisíaco era o de sua juventude, cerca de 1915, com uma Copacabana ainda toda areal, pré-Copacabana Palace.

Será? Pois, em 1915, Lima Barreto estava esbravejando contra a superurbanização da cidade, o desmonte dos morros e a inocência perdida em 1904 com o bota-abaixo do prefeito Pereira Passos. Bom era antes. E por aí vai.

O carioca não se contenta nunca, e não é de hoje. Aliás, no tempo de Estácio de Sá, em 1565, o pessoal já reclamava à beça.

[31.12.2007] A ALGUNS SEGUNDOS DA MEIA-NOITE

Bastou atravessar o túnel e 1967 ficou para trás, em Botafogo. Quando demos no outro lado, em Copacabana, a alguns segundos da meia-noite, os fogos de Ano Novo já estouravam por 1968.

A idéia fora essa mesmo: sair do Solar da Fossa, onde todos morávamos, atravessar o Túnel Novo a pé, em turma, e ir para a praia, cujo *réveillon* consistia de uns poucos milhares acendendo velas e jogando flores para Iemanjá; depois, caminhar entre os devotos na areia, ouvindo os tambores e cantos, e nos sentirmos superiores porque estávamos ali, com um pé na África, e não numa festa de família com pais e tios quadrados. Não ria. Afinal, alguns de nós mal tínhamos 20 anos.

Na verdade, aquela noite não era tão importante. Era só simbólica, tanto quanto a travessia do túnel – porque, para todos os efeitos, 1968, ou pelo menos seu verão, já começara. E começara quase um mês antes, nos primeiros dias de dezembro, quando a chegada das férias desmobilizara o movimento estudantil e sustara temporariamente as passeatas contra a ditadura militar. A salvo dos cassetetes por dois ou três meses, poderíamos ensaiar à vontade nossas lindas utopias libertárias.

Naquela noite de 31 de dezembro de 1967, o sonho corria solto. Entre outros delírios na areia, a ditadura seria logo derrubada e rendida por um novo regime – que ainda não se sabia qual era, exceto que seria implantado por uma das dez facções de esquerda existentes. O problema é que teríamos de esmagar também as nove facções inimigas antes de impor nosso modelo.

Um item com que todos concordávamos era o de que, no novo regime, o amor deveria ser livre. E, enquanto teorizávamos a sério sobre isso, não percebíamos que as moças ali na praia já eram tão livres quanto possível e achavam uma gracinha a nossa seriedade.

Em *A Casa do Tom*, o bonito documentário de Ana Jobim sobre seu marido, ouve-se em *off* a voz do maestro recordando a lagoa Rodrigo de Freitas de sua juventude. Sendo Tom de 1927, ponha 1940, por aí. Peixes e pássaros eram abundantes, diz ele no DVD. Podia-se atravessar a lagoa a nado. Os edifícios na orla eram raros e tudo parecia selvagem e mágico. Deduz-se que, hoje, essa beleza não mais existe.

Só que, na tela, correm imagens deslumbrantes da lagoa de hoje. O que, aliás, pode ser conferido por quem a contorne, a pé ou de carro, ou alugue um pedalinho para passear por suas águas. A própria mortandade de peixes, uma velha praga, agora é rara de acontecer. Os manguezais às suas margens foram recuperados, trazendo de volta os socós e os biguás. A poeta Elisa Lucinda, ao passar por ali há tempos, observou: "Olha que coisa mais linda, mais cheia de garça".

Em outro trecho, Tom fala da areia da praia na Ipanema de seu tempo: "Quando pisada, ela cantava cuin-cuin". É verdade que os prefeitos do Rio fazem da praia um mafuá e permitem toda espécie de violência contra a composição da areia e seus microorganismos, autorizando arenas esportivas, *shows* de rock, protestos de Ongs oportunistas etc. Mas acho que Tom gostaria de saber que a areia de Ipanema, apesar das agressões, continua a cantar cuin-cuin.

Numa coisa ele tem razão: o Brasil de sua infância tinha 30 milhões de habitantes, 70% deles vivendo no campo. Hoje tem 190 milhões, a maioria asfixiando-se nas cidades. A cada minuto, metros de chão virgem são desmatados e levam por cima um monstro de concreto – um condomínio que se anuncia como um oásis, um paraíso no inferno urbano. O discurso, meio cínico, indica uma certa nostalgia da roça. Mas, na prática, o Brasil está sendo mesmo cimentado.

PALAVRAS PROIBIDAS [5.1.2008]

Uma comissão da Câmara aprovou por unanimidade (ou seja, sem ler) o projeto do deputado Aldo Rebelo (PC do B-SP) banindo os estrangeirismos em voga no Brasil e obrigando sua substituição por equivalentes da língua portuguesa. Se o projeto for aprovado no Senado, significa que Aldo Rebelo passará a decidir como Millôr Fernandes, Carlos Heitor Cony, Luis Fernando Verissimo e todos nós poderemos escrever.

Fico imaginando se Aldo Rebelo tivesse imposto sua novilíngua no século 19. Constaria apenas das palavras portuguesas e, quem sabe, indígenas. Isso quer dizer que ficaríamos privados da contribuição negra ao nosso vocabulário, já que muitos dos africanos trazidos como escravos eram estrangeiros, de nações fora do domínio colonial luso.

Angu, balaio, balangandã, banzé, banzo, batuque, berimbau, bugiganga, bunda, cachaça, cachimbo, caçula, cafuné, calombo, cambada, camundongo, candomblé, careca, cochilo, dengo, engambelar, fubá, jiló, macambúzio, mandinga, marimbondo, minhoca, mocotó, moleque, muamba, muxoxo, quitute, samba, senzala, tanga, vatapá, xingar, zumbi. Estas são apenas algumas palavras que viajaram nos porões dos negreiros e não seriam permitidas. Para Aldo Rebelo, só valeriam as que viessem no convés, faladas pelos brancos.

O nacionalismo tem suas virtudes, uma delas a de não se sujeitar a ser imposto por uma penada – exceto na Albânia, país dos amores do deputado. De fato, o brasileiro tem abusado do inglês em suas estratégias de *marketing* (olha ele aí) e fachadas de lojas. A cafonice impera. Mas a língua possui lógica própria. Só conserva o que o povo quer, e essa definição leva tempo.

Aldo Rebelo já fez melhor. Em 2005, graças a ele, o governo Lula instituiu o dia 31 de outubro como dia do Saci-Pererê.

[7.1.2008] DE VOLTA À SALA DE AULA

O historiador e diplomata Alberto da Costa e Silva deu, como sempre, uma ótima entrevista, esta para a repórter Mariana Filgueiras, no *Jornal do Brasil*, em que fala de quatro atividades essenciais que praticávamos na sala de aula e que, pelo visto, a escola brasileira abandonou.

Uma, a leitura em voz alta. Um aluno lia alto e os outros o acompanhavam no mesmo texto, em silêncio. Depois se revezavam. "Quem lê em voz alta toma gosto pela leitura", diz ele. "Ler alto ensina a virgular, ensina as respirações da fala." Outra, o ditado. "Ele educa o ouvido", observa Costa e Silva, além de exigir do aluno o conhecimento da palavra e da estrutura da frase, a destreza e a clareza caligráficas. Quantas crianças no Brasil de hoje serão capazes de tomar um ditado sem cometer grossas batatadas com seus garranchos?

Uma terceira, a cópia. O simples ato de copiar um texto estimula a concentração para a grafia, os acentos e a pontuação. Não que os garotos não estejam entregando trabalhos baseados em textos que copiam liberalmente da internet – mas a cópia na sala de aula é outra coisa. Ali é que, diante do professor, a onça bebe água.

E, por fim, a redação – ou composição, como se chamava, baseada na observação de objetos. "A composição estimula os sentidos. A criança aprende a pôr no papel, com palavras, o que vê", diz Alberto. "A descrição de quadros de natureza morta, por exemplo, é essencial." Ou a visita ao zoológico, diria eu, ou à fábrica de sorvete.

Alguém dirá que o próprio conceito de sala de aula mudou e que o importante agora é enchê-la de computadores. Mas a mecânica elementar do conhecimento em nossos meninos terá se sofisticado a esse ponto? Por enquanto, o que estamos produzindo são crianças que marcam xis no chute em testes de múltipla escolha.

[12.1.2008] DITADURA DO HORROR

Há alguns anos, os costureiros decretaram que as mulheres deveriam usar calças de cintura baixa. Instantaneamente, garotas sem um grama de gordura em excesso e nem sombra de uma barriguinha saíram pela rua ostentando os mais inesperados pneus, culotes, pelancas e outras adiposidades. Sem falar em que a calça muito baixa retificou – tornou retos – seus quadris, cintura e demais curvas.

Essa moda foi substituída há pouco pela das batinhas de falsa grávida, fazendo com que uma nação inteira de meninas de 13 anos parecesse estar às vésperas de se internar para uma cesariana. Curiosamente, as grávidas de verdade não aderiram a essa moda, preferindo desfilar com a barriga de fora pelos *shoppings*, cafés e praias em qualquer dia e hora.

E, agora, somos contemporâneos de outra novidade: as mulheres passaram a usar um misto de bombacha com *baby-doll* – uma mini-camisola que, ao chegar às pernas, é presa por um elástico que a deixa bufante e em forma de chuchu.

Woody Allen usou algo parecido, para fins cômicos, em seu filme *O Dorminhoco*, de 1973.

Oscar Wilde já disse que "a moda feminina é um derivado tão intolerável do horror que precisa ser mudada de seis em seis meses". Eu não chegaria a tanto, mas às vezes me pergunto sobre a origem de tal ou qual criação. Será obra de um estilista isolado, nas trevas de um *atelier* no Bronx, dando risotas enquanto maquina mais esse assalto à graça e à beleza femininas? Ou será produto de uma convenção clandestina em Tóquio, em que o prêmio e a glória irão para o costureiro que inventar a moda mais absurda?

Por sorte, nosso amor pelas mulheres nos permite fazer vista grossa à submissão delas a essa ditadura perversa e nos concentrar em suas outras qualidades, que também tanto admiramos.

[19.1.2008] O GRANDE ABRAÇO DEMOCRÁTICO

A esta hora, hoje, Jota Efegê, Eneida de Moraes e Albino Pinheiro, inesquecíveis foliões e cronistas do Carnaval, já estariam de confete até na alma. É o início oficial do Carnaval carioca, com a cidade saindo atrás dos primeiros blocos e bandas. Como estamos a apenas duas semanas do propriamente dito, numa falseta que, este ano, o calendário aprontou contra a festa, vamos ter de prolongá-la até meados de fevereiro.

Efegê (1902-87), Eneida (1904-71) e Albino (1934-99) eram milionários de bailes, desfiles, corsos, batalhas de flores e banhos de mar a fantasia. Juntando os Carnavais que viveram e os que não viveram (porque não eram nascidos, mas estudaram a fundo), deviam compor o maior arquivo vivo da folia, em escala mundial. Duvido que em Nice, Veneza e New Orleans alguém lhes chegasse aos pés em informação.

Conheci os três e nunca os ouvi falar, nem de raspão, em “decadência do Carnaval”. Como viam o Carnaval como um processo – o de 1780 não se parecia com o de 1830; este ainda não era o de 1906; e o de 1930 já seria outra coisa –, nenhum deles dizia preferir o Carnaval de antigamente.

Mesmo porque qual seria o melhor Carnaval? O dos corsos da juventude de Efegê? O dos bailes de pierrôs, comandados por Eneida? Ou o da Banda de Ipanema, criada por Albino? A resposta é todos. O Carnaval das marchinhas (para muitos o “verdadeiro” Carnaval) foi apenas o de 1930 a 1960. E, a partir de 1970, as escolas de samba tomaram conta.

Mas agora essa cena também já mudou. Há anos, no Rio, os blocos e bandas é que estão com tudo. É a volta do Carnaval de rua – sem cordas, sem mortalhas, sem trio elétrico, e de graça – e até das velhas e novas marchinhas. A alegria no pé e no gogó da multidão, num grande abraço democrático, como deve ser.

[26.1.2008] A BORDO DO BAMBOLÊ

Outro dia, ao pensar em algumas contribuições dos americanos ao espírito humano, lembrei-me do bambolê. Era aquele aro de plástico – matéria plástica, dizia-se – que as mulheres equilibravam na cintura, rebolando os quadris para não deixá-lo ir ao chão. E por que me lembrei? Porque, a exemplo de outros *highlights* do século, como a bossa nova, a Copa da Suécia e o vestido-saco, o bambolê está fazendo 50 anos.

Em 1958, quando surgiu nos EUA (e logo chegou ao Brasil), ele foi uma febre. Mulheres de 5 a 50 anos passaram a rebolar dia e noite. Em casa, na calçada, nas ruas, em todo lugar elas saracoteavam a bordo de bambolês. A média era de um para cada mulher, donde uma família podia dispor de até cinco bambolês.

Seu criador, um americano de 33 anos chamado Richard Kneer (pronuncia-se nêr), na verdade não o inventou. Apenas adaptou-o de um aro de madeira que vira sendo usado por um anônimo ginasta na Austrália. Daí, fabricou-o em plástico e vendeu-o para o mundo inteiro – 60 milhões de unidades de saída, 70 milhões em 1959, 100 milhões em 1960. Ninguém parecia segurar o bambolê.

De repente, sem explicação, assim como estourara, o bambolê ficou fora de moda ("xangai", segundo Ibrahim Sued) e foi abandonado. Knerr se viu com 1 bilhão de bambolês encalhados no depósito. Ao fio e ao cabo, seu lucro acumulado com o brinquedo reduziu-se a US$ 10.000.

Knerr – que morreu no dia 14 último, na Califórnia, aos 82 anos – ficou rico mesmo foi com o *frisbee*, um disco de plástico que se joga na praia e que nunca pegou por aqui porque já tínhamos coisa muito melhor, o frescobol. E foi também o criador daquele abominável *spray* de espuma que, este ano, finalmente, o Carnaval carioca proibiu. Ou seja, viveu da medíocre matéria plástica.

[2.2.2008] A ÚLTIMA DO CARIOCA

O carioca às vezes se cansa do abandono a que é relegado pelo poder público e sai de seus cuidados para reinventar a si próprio ou à cidade. Foi assim que, de dez anos para cá, sem um centavo oficial, ele salvou a Lapa da morte a que ela fora condenada pelo desprezo de várias gerações de administradores e transformou-a no que é hoje: o bairro mais vivo e vibrante do Rio.

Às dez da noite, às duas da madrugada ou, pelo que escuto dizer, às seis da matina, o movimento é igual: a avenida Mem de Sá e as ruas do Lavradio e do Riachuelo duras de gente, com tudo funcionando — bares, restaurantes, gafieiras, casas de *shows*, templos de sinuca. Seu público tem gente de todas as origens, classes sociais, cores e sexos. É de novo a Copacabana dos anos 50, exceto que com chope, *jeans* e shortinhos em vez de uísque, gravata e decotes, samba no lugar do fox e Teresa Cristina no de Dolores Duran.

Mas, para que não se pense que a Lapa é só uma grande fuzarca, diga-se que, em sua vida civil, durante o dia, ela tem também farmácia, quitanda, floricultura, editora de livros, escola de teatro, loja maçônica, uma igreja tricentenária, vários museus, dezenas de antiquários. Gente famosa mora na Lapa e há edifícios residenciais em construção. Logo será um dos IPTUs mais caros do Rio. Mas isso não garante que o poder público passe a fazer por lá o que já não faz, hoje, no resto da cidade: recolher o lixo, melhorar a iluminação, disciplinar os ambulantes, conter a desordem urbana.

É por essa grita contra a atual desadministração, sentida em todos os bairros, que o carioca apresenta a sua última invenção: o boicote ao IPTU. Não é um calote, mas um protesto enfático – e fácil de ser adotado por qualquer cidade que se sinta, como o Rio, entregue a si própria. Então, quem sabe, os prefeitos aprenderão.

[4.2.2008] LEGADOS DE AMOR E BELEZA

Sambista, quando morre, vira samba, disse Chico Buarque. Mas e quando morre um carnavalesco no Carnaval ou às vésperas? Ary Barroso, por exemplo, morreu no domingo de Carnaval de 1964. Em 1930, sua marchinha "Dá Nela", cantada por Francisco Alves, ajudara a fixar o gênero. E seu samba "Camisa Amarela", de 1939, já nasceu como a crônica mais que perfeita do tríduo. A morte de Ary foi anunciada no instante em que o Império Serrano ia adentrar a Presidente Vargas com "Aquarela Brasileira", de Silas de Oliveira.

Nove dias depois de Ary, morreu Vicente Paiva. O nome de Vicente talvez já não diga muito para os infiéis, mas o Brasil o conhece por uma marcha de 1935 (com Nelson Barbosa) cantada todo ano, até hoje, por milhares nas ruas do Rio: "Quem não chora não mama/ Segura, meu bem, a chupeta/ Lugar quente é na cama/ Ou então no Bola Preta". E o território de seu outro sucesso, de 1937 (este, com Jararaca), cobre simplesmente o mundo: "Mamãe, Eu Quero".

Benedito Lacerda também morreu no Carnaval, o de 1958. Entre tanta coisa que deixou, foi o autor (com Humberto Porto) da "Jardineira", em 1939. E Paulo da Portela, a quem as escolas devem a pose e o garbo, morreu no domingo anterior ao Carnaval de 1949. Uma multidão o levou ao cemitério de Irajá e, no bicho daquele dia, deu a centena do seu túmulo: 2.908.

Mas nada supera em simbolismo a morte de Pixinguinha: em 1973, de repente, numa igreja em Ipanema, enquanto a poucos metros, sob chuva forte, saía a própria Banda de Ipanema. Na rua, alguém levou a notícia a Albino Pinheiro. A Banda cantou "Carinhoso" e chorou Pixinguinha de corpo presente.

O acaso ajudou, mas todo o confete e o amor do mundo não pagam o que esses homens nos legaram em alegria e beleza.

[6.2.2008] LENDAS E MITOS DA BOSSA NOVA

Enquanto aqui é Carnaval – só de blocos, o Rio botou mais de 400 nas ruas de quinta-feira até ontem –, é bossa nova em plagas mais amenas. Alheias ao couro que come na cidade, pessoas de toda parte escrevem para dirimir suas dúvidas sobre o gênero. Quem inventou a bossa nova? Onde? Como? Quando? Por quê? Nenhum outro ritmo desperta tanta curiosidade.

Por um lado, isto não é mau. Denota um certo sentimento de culpa pelo fato de o Brasil ter passado os anos 70 e 80 ignorando a bossa nova. Denota também desinformação – porque se há um tipo de música tão esmiuçado de 1990 para cá, é a bossa nova. Mesmo assim, certas lendas a seu respeito continuam mais difíceis de matar que Rasputin. Eis aqui algumas, com as versões corretas.

"A bossa nova era cantada baixinho por ter nascido nos apartamentos de Copacabana." Primeiro, ela não nasceu nos apartamentos. Segundo, cantá-la baixinho já fazia parte da proposta. Aliás, os tais apartamentos em que alguns artistas se reuniam, como o de Nara Leão, o do casal Dulce e Bené Nunes e outros, eram de classe média alta, com salas enormes, paredes grossas e, mesmo que eles tocassem alto não incomodariam ninguém.

"O primeiro show de bossa nova aconteceu em 1958 na Hebraica, em Laranjeiras." Não, não foi no famoso clube. Foi no Grupo Universitário Hebraico, uma modesta associação de estudantes no Flamengo.

"O Beco das Garrafas tinha esse nome porque os vizinhos jogavam garrafas sobre o público que ficava do lado de fora das boates." Nesse caso, a pontaria dos moradores dos dois edifícios que formam o beco devia ser lamentável – porque uma garrafa atirada lá de cima seria a morte imediata de quem a levasse na cabeça. E ninguém jamais morreu no Beco com uma garrafa na cabeça. Nem de Crush.

[11.2.2008] DITADURA DA CACOFONIA

Há dias, um homem foi morto na praia de Caraguatatuba (173 km de São Paulo) por se recusar a baixar o volume da suposta música que saía de seu carro. Digo suposta porque o noticiário não informava o que ele estava tocando, embora se possa garantir que não seria uma valsa, um samba-canção ou uma bossa nova. Esses gêneros musicais já mataram muita gente de paixão. A tiros, nunca.

Para alguns, pode ter parecido inusitado: alguém foi à loucura com o ruído desproporcional saído de um equipamento de som e, na briga, deu-se a tragédia. Pois, para mim, o incrível é que isso não aconteça a três por dois. Em toda parte, a toda hora, pessoas ou comunidades inteiras são agredidas pela boçalidade sonora de uma minoria que já ignora o que seja viver em sociedade. E se isso não desperta mais instintos assassinos é porque suas vítimas temem desafiar quem ouve "música" em tal volume. É como viver sob uma ditadura – e, na verdade, vivemos sob a ditadura da amplificação.

O mundo já foi bem mais silencioso. Até os anos 60, a superamplificação de instrumentos ou de caixas de som era coisa restrita aos profissionais. Não estava ao alcance das pessoas comuns. Quem quisesse submeter-se à cacofonia tinha de ir aonde ela estivesse sendo produzida. Hoje, o porta-malas de um simples fusca dispara uma massa sonora capaz de ensurdecer quarteirões – e de levar a gestos desesperados.

Quem tem a infelicidade de ser vizinho de bailes *funk*, igrejas evangélicas ou *shows* de "música" eletrônica já se perguntou se a vida no inferno será muito pior. Se o cidadão fechar as janelas, a vibração quebrará os vidros. Se deixá-las abertas, sofrerá um estresse provocado por aumento da freqüência do pulso, da pressão sanguínea e da produção de adrenalina. A lei do silêncio já existe. Mas é preciso torná-la um caso de saúde pública.

FIM DO HOMEM-OBJETO

[13.2.2008]

Era difícil ser homem em certa época do século 20 – anos 70 e 80, por aí. As feministas viviam nos culpando por todos os crimes cometidos contra as mulheres por nossos avós ou bisavós. Uma sexóloga americana, Shere Hite, escreveu um livro provando que, por ter clitóris, a mulher podia perfeitamente dispensar o homem para sentir prazer.

Só nos restava, portanto, ser conservados para reprodução. E mesmo assim em termos: algumas belas feministas (sim, havia) do meu círculo no Posto 9, em Ipanema, quase me convenceram de que o homem não passava de uma invenção da mulher para a produção de mais mulheres. Não que isso fosse necessariamente ruim, eu argumentava. Sempre que as mulheres precisassem, nós nos sacrificaríamos com prazer, sem trocadilho, em função desse objetivo.

Claro que, relegados a simples fornecedores de espermatozóides, estaríamos sendo reduzidos à odiosa condição de homens-objeto. Daí propus a Eduardo Mascarenhas, psicanalista então em voga, a criação de um *slogan* para nos defendermos: "No peito do homem-objeto também bate um coração". Mascarenhas aprovou-o e até o repassou a seu mestre, Helio Pellegrino.

Bem, agora, no século 21, as queridas feministas estão por baixo, mas a ciência acaba de descobrir um novo jeito de produzir espermatozóides, a partir de células-tronco da medula óssea feminina. Ou seja, uma mulher poderá fertilizar outra mulher sem a necessidade de participação do homem.

Se isso vingar, pensei comigo, o que será de nós? Mais uma vez seremos atirados à lata de lixo da história. À falta de melhor vamos ter de nos conformar em jogar pelada, tênis, sinuca, buraco ou qualquer coisa com os amigos nos demais dias da semana, não apenas às terças ou quintas.

[16.2.2008] INSPIRAÇÃO TARDIA

Henri Salvador, o cantor e compositor francês, morreu na quarta-feira em Paris e todos os obituários, inclusive o do *The New York Times*, registraram como ele "inspirou" Tom Jobim a criar a bossa nova com sua canção "Dans Mon Île", de 1957. E como se deu essa inspiração? O querido Henri adorava explicar. Como numa entrevista à RFI (Radio France Internationale), em 3.11.2000, quando o repórter lhe perguntou: "É verdade que o senhor teve um papel na invenção da bossa nova?".

Ele respondeu: "Apresentei uma canção, 'Dans mon Île', no filme italiano *Europa de Noite*, e meu amigo Sergio Mendes me contou que, quando Jobim viu o filme no Brasil, disse: 'É isso aí. É o que nós temos de fazer – atrasar o andamento do samba, botar acordes modernos e transformá-lo num ritmo completamente novo'. E foi assim que ele inventou a bossa nova! Devo admitir que fiquei muito orgulhoso ao ouvir essa história".

Bem, *Europa de Noite*, um documentário sobre os *nightclubs* europeus rodado em 1958, estreou na Europa em 1959 e no Brasil em abril de 1960. Nessa época, Jobim, só ou com parceiros, já havia feito "Estrada do Sol", "Chega de Saudade", "Desafinado", "Samba de uma Nota Só", "Meditação", "Corcovado", "A Felicidade", "Brigas Nunca Mais" etc. etc.

Mas digamos que "Dans Mon Île" tenha estourado em disco antes do filme, e o 45 r.p.m., com o buraco no meio, chegado às mãos de Tom em 1958 ou no próprio 1957. Ele já havia feito "Correnteza", "Outra Vez", "Tereza da Praia", "Foi a Noite", "Caminhos Cruzados", "Lamento no Morro" e "Se Todos Fossem Iguais a Você".

E assim ficamos combinados que Henri Salvador, condecorado há pouco pelo governo brasileiro por sua "contribuição à criação da bossa nova", inspirou Jobim a fazer o que de há muito já fazia.

[18.2.2008] SAMBA DO CIENTISTA LOUCO

Nelson Rodrigues contava que, toda madrugada, acordava com a úlcera em chamas e, de pijama e meias, ia à cozinha tomar um copo de leite para aplacá-la. Com o leite, a úlcera amansava e, dizia ele, só faltava ronronar como uma gata amestrada. Nelson morreu em 1980, de outras causas. Imagino seu choque, hoje, se soubesse que, segundo as últimas descobertas da ciência, o leite é um veneno para quem tem úlcera.

E a manteiga? Depois de séculos sendo louvada, com justiça, como uma das maiores invenções do homem, levou os últimos 50 anos acusada de vilã por vários órgãos, inclusive o coração. Para a ciência, boa mesmo era a insípida, insossa e inodora margarina. Agora a mesma ciência, num lance de gênio, concluiu que a margarina é que é a vilã, por causa da mortal gordura trans.

E temos a saga e anti-saga do ovo. Certo dia, decretaram que ele era o pior inimigo do colesterol e do coração, e só faltaram proibir as galinhas de produzi-lo. Pois há pouco descobriram que, ao contrário, ele faz bem ao coração, porque ajuda a emagrecer, não influi no colesterol e até protege nossos olhos dos raios ultravioletas – o que é ótimo, porque nos permitirá ir à praia sem óculos escuros.

Sem falar no café. Por conter cafeína, ele também já freqüentou todas as listas negras. Criaram inclusive o café descafeinado. Pois os cientistas vêm de concluir que a cafeína é uma maravilha: estimula o sistema nervoso central, o coração, os vasos sanguíneos e os rins. Já o café descafeinado faz subir a pressão e aumenta o colesterol e o risco de doenças cardíacas.

Finalmente, esta semana, a ciência mandou dizer que, ao contrário do que ela própria afirma há anos, o açúcar é uma beleza e são os adoçantes que engordam! É o maravilhoso samba do cientista louco, em cuja letra a palavra "certeza" deveria rimar com a palavra "dúvida".

[23.2.2008] NASCIDA EM 10 DE JULHO

A obsessão continua. Não se passa um dia, incluindo domingos e feriados, em que alguém não me escreva, telefone ou aborde na rua querendo saber quando, como e com quem começou a bossa nova. É a grande interrogação nacional. Nada parece importar tanto.

É o único gênero musical de que se exigem dia e hora marcados para ter nascido. Não adianta explicar que essas coisas não costumam ter começo e que, assim como o sol, a burrice humana ou o efeito estufa, a bossa nova é o resultado de um processo que envolveu muito tempo, muita gente e muita agitação – no caso, musical – antes dela.

O problema é que tal resposta estraga a efeméride que todo mundo quer comemorar: os 50 anos da bossa nova. Porque, se ela é um processo, este poderia ser o seu 65° aniversário, ou o 78°, o que seriam datas sem graça. Donde vamos ficar mesmo com 1958. Mas quando, como e com quem em 1958?

Canção do Amor Demais, o lindo LP de Elizeth Cardoso gravado em fevereiro daquele ano, ainda não era, de fato, um disco "de bossa nova". Ali já estavam as canções de Tom e Vinicius, a batida especial do violão de João Gilberto em duas faixas, uma delas "Chega de Saudade", e um clima geral de "modernidade". Mas Elizeth, na sua grandeza, era uma cantora tradicional, chegada ao vibrato e que usava a voz inteira.

Seis meses depois, a 10 de julho, o próprio João Gilberto gravou um *single* (em 78 e em 33 rpm) com "Chega de Saudade" e, no lado B, seu samba-baião "Bim Bom". Desta vez, um único disco reunia as canções, a batida do violão e o jeito diferente de enunciar do cantor. Tudo "bossa nova". O que viria depois, como a gravação de "Desafinado" em outubro e a das demais faixas de seu famoso primeiro LP, em 1959, seria apenas conseqüência do que ele acabara de dizer.

DOURADOS À JK

[27.2.2008]

Quantas vezes você já não leu isto? "No tempo de JK (1956-60), o Brasil viveu os anos dourados. Tivemos a bossa nova, o cinema novo, o concretismo e o *Grande Sertão: Veredas*. Fomos campeões do mundo em futebol, boxe, tênis, basquete e salto triplo, e ainda ganhamos o *Miss* Universo." Como a dizer que foi Juscelino em pessoa quem ganhou tudo, exceto talvez pelo desfile de maiô em Miami Beach.

Bem, vejamos. João Gilberto gravou "Chega de Saudade" em 1958. Mas aquilo era a culminância de um processo iniciado dez anos antes, no governo menos bossa nova e mais borocochô do milênio: o do marechal Dutra. Além disso, a música favorita de JK era "Peixe Vivo", não "Desafinado".

O mesmo quanto ao concretismo – Décio Pignatari, os irmãos Campos e o suíço Eugen Gomringer já faziam poesia visual desde 1952, quando o presidente era Getúlio. E *Grande Sertão: Veredas* foi realmente lançado em 1956, pouco depois da posse de JK. Mas Guimarães Rosa escreveu-o durante Getúlio, dando-lhe os retoques e pingando o ponto final sob o opaco governo Café Filho.

E o cinema novo? Não existia sob JK. *Rio 40 Graus* é de 1955, sob Carlos Luz e Nereu Ramos, que sucederam Café brevemente. A própria expressão "cinema novo" só seria inventada pelo crítico Ely Azeredo em 1961, com Jânio presidente. *Deus e o Diabo na Terra do Sol* foi rodado em 1963, sob Jango, e lançado já na ditadura militar.

Ah, sim, sob JK o Brasil foi campeão do mundo em 1958 e brilhou com Eder Jofre, Maria Ester Bueno, Vlamir e Ademar Ferreira da Silva. Infelizmente, as belas Adalgisa Colombo e Terezinha Morango nunca foram *Miss* Universo. Nossa primeira *miss* mundial foi Ieda Maria Vargas em 1964 – mas pode-se creditar algum título de beleza ao marechal Castelo Branco?

[1.3.2008] DE ENCANTOS MIL

No dia de hoje, em 1565, o capitão Estácio de Sá fundou a cidade de São Sebastião do Rio de Janeiro em meio à guerra contra os franceses e seus aliados, os índios tupinambás. Os aliados dos portugueses eram os temiminós, e as batalhas, tremendas, se davam nos morros.

Ou seja, tudo na mesma. Há 443 anos, balas de arcabuzes e flechas perdidas já zuniam sobre a paisagem de encantos mil, trocadas por bandos de gente seminua que, nas tréguas, assim como hoje, se entregavam às delícias da baixa gastronomia. A diferença é que, então, no auge da antropofagia, o menu eram tripas cozidas, orelhas defumadas e miolos com farinha – humanos, claro –, e não os atuais e insuperáveis bolinhos de aipim e caldinhos de feijão com torresmo.

As datas são fixadas pelos vencedores, daí o Rio fazer aniversário no dia 1º de março. Mas já constava dos mapas desde 1º de janeiro de 1502, quando o florentino Américo Vespúcio, a bordo de uma esquadra lusa, passou pela baía de Guanabara e, confundindo-a com a foz de um rio, chamou-a de Rio de Janeiro.

A partir de 1504, sentindo que os portugueses estavam mais a fim das províncias ao Norte, os franceses foram chegando em caráter amistoso, ocupando nossas terras e seduzindo nossos índios. Em 1555, finalmente a valer três pontos, o almirante Villegagnon fundou aqui a França Antártica e começou a compor um dicionário tupi-francês com seu amigo, o cacique Cunhambebe.

Os portugueses levaram dez anos para acordar. Quando isso aconteceu, em 1565, Estácio arrasou a França Antártica, fundou a cidade propriamente dita e, como Siegfried, morreu de uma flecha envenenada. Séculos se passaram. Em 1927 ou 1928, no Estácio, bairro que levou seu nome, os jovens Ismael, Bide, Marçal e outros deram contornos definitivos ao samba. O Rio é assim.

[3.3.2008] CAMPEÃO – OU VICE

Diz o *The New York Times* que o Brasil é o 2º maior consumidor de cocaína no mundo. Ou seja, somos vice na especialidade, só perdendo para os EUA. Não é uma colocação lisonjeira. Sabendo que essa montanha de cocaína vem de fora e passa catita e fagueira pelas nossas fronteiras, fico me lembrando das vezes em que a Alfândega me abriu as malas no Galeão. Enquanto eles fiscalizavam meus CDs de Billy Eckstine e June Christy, alguém estava chegando, vergado de pó, na praça Mauá ou em Foz do Iguaçu.

Dizem também que o Brasil é o campeão mundial em cirurgia plástica. Campeão ou vice. Tudo bem, o maior nome na especialidade é nosso e, por acaso, o Dr. Pitanguy é o grande patrono da cirurgia restauradora. Mas, no Brasil, temo que a maioria dos cirurgiões se dedique a rechear seios com silicone ou bochechas com Botox. Daí a quantidade de mulheres na praça que lembram um cruzamento da boneca inflável Afrodite com o Topo Giggio.

O Brasil parece também estar se tornando recordista mundial em cirurgias de redução do estômago. Conheço pessoas que cortaram metros da serpentina e, efetivamente, deixaram de ser obesas, porque passaram a comer menos. Mas não mudaram certos hábitos. Continuaram, por exemplo, a beber como antes – mas passaram a ficar de porre mais cedo e a sentir os efeitos ainda piores dessa intoxicação.

E, entre outras práticas em que o Brasil está lá no alto, disputando cabeça e focinho com países do Primeiro Mundo, contam-se os abortos (ilegais, naturalmente), as cesarianas e o consumo de moderadores de apetite. Por desinformação, modismo ou temperamento, somos assim – exagerados em tudo, até nessas práticas que envolvem risco.

Ou não seria o Brasil também um campeão mundial – ou vice – em automedicação.

[5·3·2008] A MORTE DO MONSTRO

Morreu no dia 21 último, aos 82 anos, em Honolulu, o ator americano Ben Chapman. Não era famoso. Sua carreira resumiu-se a um filme, em que ele fazia o papel-título: *O Monstro da Lagoa Negra*, de 1954.

Chapman passava o filme todo dentro da fantasia do monstro – uma roupa de borracha inteiriça coberta de escamas e algas, encimada por uma cabeça de peixe ou lagarto, com lábios grossos e olhos esbugalhados. Seu rosto não era visto em nenhum momento. Os olhos eram da máscara, não dele, e ele não tinha uma única fala no filme.

Além disso, era o monstro apenas em terra firme. Nas seqüências debaixo d'água, em que se vê o bicho nadando (às vezes, por quatro minutos sem cortes e sem fazer bolhas), o ator era um campeão de mergulho, Ricou Browning. Ou seja, dos 79 minutos do filme, somando-se suas aparições, Chapman ficou em cena por, no máximo, 15. Mas seu porte fez do monstro um dos mais elegantes do cinema.

Por algum motivo, *O Monstro da Lagoa Negra* ficou clássico. É o filme que Marilyn Monroe acabou de ver em *O Pecado Mora ao Lado*, pouco antes de o vento do metrô levantar-lhe o vestido. Marilyn comenta que achou o monstro uma gracinha. E ele era mesmo: estava quieto no seu canto no fundo do rio havia 150 milhões de anos, e os homens é que foram perturbá-lo.

O filme teve duas continuações, de que Chapman não participou. Nem precisava. Pelos 54 anos seguintes, até outro dia, viveu de aparições pessoais em eventos ao redor de piscinas, assinando autógrafos e posando fantasiado para fotos. Seus 15 minutos de fama duraram uma vida inteira. Nem há registro de que tenha tido crises de personalidade. Assumiu-se como o monstro da Lagoa Negra e foi feliz para sempre.

Deve haver uma mensagem aí, mas não sei qual é.

[8.3.2008] É HOJE!

O príncipe regente D. João desembarca hoje no Rio com sua família e um enorme séqüito de nobres, funcionários, aderentes e criados. Precisou que Napoleão botasse suas tropas nos calcanhares da Corte para que esta fizesse o que há 100 anos lhe vinha sendo sugerido: transferir-se para o Brasil.

Não se sabe o que, a médio prazo, isso representará para a metrópole. Mas, para a desde já ex-colônia, será supimpa. Porque, a partir de agora, ela será a metrópole. E, para estar à altura de suas novas funções, terá de passar por uma reforma em regra – não apenas cosmética, para receber o corpo diplomático, o comércio internacional e os grã-finos de toda parte. Mas, principalmente, estrutural. Afinal, é um completo arcabouço administrativo que se está mudando.

Para cá virão os ministérios, as secretarias, as intendências, as representações e a burocracia em geral. Papéis sem conta serão despachados entre esses serviços, o que exigirá uma superfrota de estafetas. A produção de lacre para documentos terá de decuplicar. O Brasil passará a importar papel, tinta e mata-borrões em quantidade, mas as penas talvez possam ser fabricadas aqui, colhidas dos traseiros das nossas aves.

Estima-se que, do Reino, chegarão 15 mil pessoas nos próximos meses. Será um tremendo impacto numa cidade de 60 mil habitantes. Provocará mudanças na moradia, na alimentação, nos transportes, no vestuário, nas finanças, na medicina, no ensino, na língua. Com a criação da Imprensa Régia, virão os jornais. O regente mandará trazer sua biblioteca. Da escrita e da leitura brotarão as idéias.

Até hoje, na história do mundo, nunca a sede de um império colonial se transferiu para sua própria colônia. É um feito inédito – digno de Portugal. E que pode não se repetir nunca mais.

[10.3.2008] AO ALCANCE DA NOSSA GRATIDÃO

Em 1808, o príncipe regente D. João chegou ao Rio com sua Corte. Mudou a nossa história e passou a maior parte dos 200 anos seguintes sendo chamado de gordo, feio, porco, devorador de frangos, fraco, indeciso, ocioso e, como se não bastasse, corno. Bela maneira de agradecer ao homem que nos inventou como nação, ao transferir para cá a coroa, o trono e a estrutura administrativa da metrópole – e nos fazer metrópole.

Por que D. João – ou rei D. João VI, a partir de 1816, quando sua mãe, a rainha D. Maria I, morreu – foi tão maltratado por nossos historiadores? Porque, durante o século 19, a proximidade dos fatos não permitia uma perspectiva adequada. Além disso, a historiografia brasileira era quase uma extensão da portuguesa, e os historiadores lusos nunca perdoaram D. João por ter "fugido" para o Brasil.

De 1889 em diante, com a República, tudo que viesse da Monarquia tinha de ser diminuído, e cristalizou-se uma imagem negativa de D. João. A exceção foi Oliveira Lima, com seu definitivo *D. João VI no Brasil*, de 1909 – não por acaso, ele era malvisto como "monarquista".

A principal fonte dos ataques a D. João foi *A Corte de D. João no Rio de Janeiro*, do popularíssimo Luiz Edmundo, publicado em 1937 – poucos exerceram a lusofobia com tal maestria da língua portuguesa. Edmundo leva 656 páginas descrevendo um D. João ridículo, repulsivo, flatulento e, no máximo, digno de dó. Pois foi essa a imagem que ficou e que, há tempos, se levou levianamente para o cinema. A depender de Edmundo, o Rio e o Brasil seriam franceses.

Mas isso pode mudar. O material produzido nos últimos meses pelos 200 anos da chegada da Corte já tem uma vantagem: a de trazer D. João para uma perspectiva mais justa e verdadeira, ao alcance da nossa gratidão.

[5.3.2008] PARADOXOS

Um dos argumentos usados pelo cantor Roberto Carlos para proibir sua biografia por Paulo Cesar de Araújo é o de que só a pessoa tem direito a escrever sobre sua própria vida. E que ele, Roberto Carlos, estaria escrevendo (ou pensando em escrever) esse livro.

Significa que, no reino do compositor de "Rei da Brotolândia" e "A Festa do Bolinha", estão banidas as biografias e só valem as autobiografias. Com isso, James Boswell, Heitor Lyra, Richard Ellmann e outros que fizeram da biografia uma arte, que se evaporem das prateleiras.

A idéia de que só a pessoa pode escrever sobre sua própria vida leva a pensar que esta pessoa vive numa ilha deserta ou no lado escuro da Lua – porque terá de encher 300 ou 400 páginas falando apenas de si mesma. Roberto Carlos, numa suposta autobiografia, não poderia contar suas peripécias com Erasmo Carlos e Vanderléa, já que, segundo ele, só Erasmo e Vanderléa teriam direito de escrever sobre si próprios. Donde – salve o paradoxo! – as autobiografias seriam também impossíveis.

Por outro lado, se "a pessoa tem direito de escrever sobre sua própria vida", e esta envolve a vida dos outros, conclui-se que a ressalva acima não pode valer, já que nem Robinson Crusoé vivia sozinho em sua ilha. Donde Roberto Carlos não poderá reclamar da autobiografia da ex-modelo Maria Stella Splendore, em breve nas bancas, em que ela conta um suposto romance que teria tido com o "Rei" durante seu casamento com o costureiro Denner (ela seria a "Namoradinha de um Amigo Meu"), e do qual, suspeita Maria Stella, pode ter resultado sua filha Leopoldina.

O bonito na história é que Leopoldina, hoje perto dos 40, estaria prestes a ser avó. O que, a ser verdade a suspeita da autora, tornaria o "Rei" da Jovem Guarda bisavô.

EXTENSÕES DA RODA

[17.3.2008]

O Rio chegou a 2 milhões de carros; São Paulo, a 6 milhões. No Rio, é um carro para cada três habitantes; em São Paulo, são dois. O automóvel venceu. O comunicólogo Marshall McLuhan, talvez a única voz otimista de 1968, errou feio: o homem é que se tornou uma extensão da roda. Mas, em 2008, quem quiser chegar rapidinho a qualquer lugar é melhor que vá a pé.

Uma prova de que nos reduzimos a indesejados apêndices de nossos veículos é o destaque dado pelos on-lines, jornais e TVs ao trânsito e às enchentes. Ocupam muito mais espaço do que a morte de, pelas estatísticas, um, dois motoqueiros por dia em São Paulo. A informação de que há "congestionamento" ou "pontos de alagamento" em tal região é mais importante que a tragédia diária de um motoqueiro esmagado ou o estropiamento físico de outros seis ou sete. E que se remova logo o cadáver para o trânsito voltar a "fluir".

Ouço dizer que um dos motivos do estrangulamento de nossas cidades é que, hoje, qualquer pessoa pode comprar um carro e pagá-lo em até 72 meses. Significa que esse carro só será quitado daqui a seis anos. Mas, muito antes, já terá ficado tão "velho" que precisará ser trocado por outro, claro que do ano. Sem problema: dá-se a furreca de entrada e liqüida-se o resto em mais 72 meses, num endividamento que, pelo visto, só termina com a morte. Foi para isso que nasceu o ser humano?

Outro motivo para que nossas cidades estejam ficando intransitáveis me parece ser o tamanho dos carros. Foi-se o tempo em que as pessoas queriam carros bonitos, leves e elegantes. A ordem agora são as jamantas, os furgões grosseiros e os jipes gigantes, que até há pouco só se viam na zona rural, transportando estrume.

Iludimo-nos com a idéia de que moramos em Nova York, mas rodamos por ela em diligências do Velho Oeste.

ÍNDICE DE NOMES E OBRAS

LEIA TAMBÉM DA MESMA SÉRIE

[*As Aparências Enganam*]
Danuza Leão

[*Quinta-Coluna*]
Contardo Calligaris

[*O Tudo e o Nada*]
Carlos Heitor Cony

[*Terra de Ninguém*]
Contardo Calligaris

[*Tempo Medido*]
Marcelo Coelho

Este livro foi impresso em maio de 2008 pela Cromosete,
sobre papel chamois fine dunas 80 g/m².